NOTES POUR L'HISTOIRE

DE

LA CHANSON

Pau. — Typographie de E. Vignancour, place du Palais.

NOTES POUR L'HISTOIRE

DE

LA CHANSON

PAR V. LESPY

PROFESSEUR AU LYCÉE IMPÉRIAL DE PAU

Ne refusons pas une page de souvenir à cette mère de notre poésie, qui a charmé, égayé, vengé, sauvé nos pères, et qui nous a donné Béranger.

C. LENIENT

Prof. de Rhét. au Lycée Napoléon

PARIS

LIBRAIRIE DE J.-B. DUMOULIN

13 QUAI DES AUGUSTINS 13

1861

A MON AMI

J.-R. NOGUÉ

AVOCAT

ANCIEN REPRÉSENTANT DU PEUPLE

NOTES POUR L'HISTOIRE

DE

LA CHANSON.

Ancienneté,
Universalité de la Chanson.

I

La Chanson est presque aussi ancienne que la parole. On pourrait dire que l'homme a chanté presque aussitôt qu'il a parlé. C'est par la Chanson qu'il a manifesté sa première joie. Placé au milieu des magnificences de la création, il entonna un chant de reconnaissance au Créateur, qui lui avait donné pour domaine la terre féconde, pour spectacle et pour espérance le ciel avec toutes ses splendeurs.

Prendre l'origine de la Chanson aux premiers jours du monde, c'est remonter un peu haut; il faut vîte quitter ces hauteurs, où l'on pourrait se perdre dans les nuages; disons donc seulement qu'on trouve la Chanson au berceau de toutes les sociétés.

Les adorateurs du soleil célébraient par des chansons les bienfaits de leur dieu. Orphée chantait et le jour et la nuit. O prodige de la Chanson ! Il se faisait écouter des pierres et des arbres, et l'affreux Cerbère prêta les six oreilles de ses trois têtes aux divins accords des chansons que répétait l'époux infortuné d'Eurydice. Qu'étaient-ce que les *Péans* des Grecs, sinon des couplets en l'honneur d'Apollon (1), ou de quelqu'autre divinité. Lucien dit que les vers suivants étaient dans la bouche de tout le monde :

O Déesse chérie,
Santé, veille sur moi ;
Je veux toute la vie
Demeurer près de toi !

C'est le commencement du *Péan* d'Ariphron de Sicyone en l'honneur de la déesse Santé (2).

II

Si l'on sort du domaine de la fable, si l'on ouvre les livres de l'antiquité, et d'abord nos livres saints, on y voit, non plus les vestiges de la Chanson, mais la Chanson elle-même.

Les Israélites ont franchi la mer Rouge ; les Egyptiens ont voulu les poursuivre entre les vagues amoncelées des deux

---

(1) Encyclopédie du XVIIIe siècle.

(2). Lucien de Samosate ; traduct. de M. Eug. Talbot.

cotés par la main du Tout-Puissant. Ils restent ensevelis sous les flots. Moïse et tout le peuple chantent :

Ta droite, ô Eternel, est formidable ! Ta droite brise l'ennemi ! Au souffle de ton indignation, les eaux se sont amoncelées en montagnes de flots transparents; les vagues se sont pétrifiées comme un mur !

Tu as étendu ta main, et la mer a dévoré l'ennemi ! Pour guider ton peuple, ta main s'est radoucie, et tu le diriges par ta puissance vers la demeure sainte que tu lui as choisie !

Et tandis que Moïse chantait, la sœur d'Aaron avait pris un tambourin, et toutes les femmes répétaient avec elle ce refrain :

Chantez l'Eternel, il a glorieusement triomphé; il a précipité dans la mer le cheval et le cavalier !

La Chanson ne célèbre pas seulement les victoires d'Israël; elle gémit aussi sur ses malheurs, aux bords du fleuve de Babylone :

Comme le cerf languit après la source rafraîchissante, de même aussi mon âme soupire après vous, ô mon Dieu !

Pourquoi m'oublier ! Pourquoi me laisser triste et abattu au milieu de mes ennemis qui me raillent, et chaque jour me répètent : Où est ton Dieu ?

Détourne donc notre captivité, comme autrefois tu détournas les grandes eaux du Midi, ô mon Dieu !

Dieu et la Patrie ! Telles sont les deux nobles idées sur lesquelles roule la Chanson hébraïque (1).

III

Les Chinois ont un livre très-curieux, intitulé *Hee-King*, ce qui veut dire *Recueil de Chansons* ; la plupart des pièces

---

(1) Duruy; *Histoire sainte*.

qu'il contient ont plus de trois mille ans d'existence. Elles ont été recueillies par Confucius, au sixième siècle avant Jésus-Christ.

Ce livre se divise en quatre parties : dans la première, qui est la plus longue et la plus intéressante, on lit des détails concernant les mœurs des différentes provinces dont se compose l'Empire, ainsi que l'expression des sentiments populaires dans ces provinces, aux époques les plus reculées; dans les autres divisions du Recueil, on trouve, en chansons, le récit des actions d'éclat des héros, et les sentences des Sages de la Chine.

Les Chinois de nos jours font de ce livre leur étude favorite; ils apprennent ces chansons par cœur; toute leur littérature est ornée de citations tirées du *Hee-King*. Les vers de ces couplets sont généralement courts, de quatre mots, et assujettis à la rime (1).

IV

Les Mèdes célébraient aussi en chantant les exploits des guerriers. Xénophon nous apprend qu'après une expédition où Cyrus, jeune encore, s'était distingué par son courage, « tous avaient son nom à la bouche, dans les entretiens familiers et dans les chansons même (2). »

V

Sous le ciel fortuné de la Grèce naquirent les Plaisirs et les Ris. Quel peuple eut jamais un génie plus heureux que

---

(1) Renseignements fournis par M. Stewart, Président de la *Société artist. et scientif. de Pau.*

(2) Cyropédie, 1, 25.

les Grecs ! C'est d'eux que nous viennent aussi deux choses qui ne périront pas, la liberté et la philosophie morale. Leur Chanson fut politique, voluptueuse, aimable, philosophique.

Qui ne connaît le chant d'Harmodius et d'Aristogiton, où respire contre la tyrannie une haine qu'il faudrait aimer, si elle n'était point sanguinaire :

Je porterai mon glaive sous une branche de myrte; j'imiterai Harmodius et Aristogiton, qui immolèrent le tyran et établirent dans Athènes l'égalité des lois. O généreux Harmodius ! en quittant la terre tu n'es pas mort : tu vis toujours dans ces îles bienheureuses où se trouvent Achille, aux pieds légers, et l'intrépide fils de Tydée...... (1).

Sappho chantait l'amour :

Viens, déesse de Chypre, verser dans des coupes d'or un nectar mêlé de douces joies à mes amis qui sont aussi les tiens...... Je te donnerai une chèvre blanche, et je te ferai des libations......

Je t'aimerai tant que j'aurai le bonheur de voir la brillante lumière du soleil et de contempler ce qui est beau......

Ce qui nous reste d'Anacréon, dit La Harpe, est un écho de ses plaisirs. Ses chansons où respirent la mollesse et l'enjouement, la délicatesse et la grâce, nous apprennent que le poète de Téos se complaisait à table, la tête couronnée de roses, buvant d'excellent vin de Scio ou de Lesbos, et tandis que Mnaës et Aglaé entrelaçaient des fleurs dans ses cheveux, il prenait sa petite lyre d'ivoire à sept cordes, et chantait un couplet à la rose sur le mode lydien.

C'est Aristote qui nous a laissé un modèle de chanson philosophique ; elle tire sa beauté de sa gravité même :

O Vertu, qui, malgré les difficultés que vous présentez aux faibles mortels, êtes l'objet charmant de leurs recherches ! Vertu pure et aimable !

(1) Villemain; *Essai sur la poésie lyrique*.

Ce fût toujours aux Grecs un destin digne d'envie que de mourir pour vous et de souffrir sans se rebuter les maux les plus affreux. Telles sont les semences d'immortalité que vous répandez dans tous les cœurs; les fruits en sont plus précieux que l'or, que l'amitié des parents, que le sommeil le plus tranquille : pour vous, Hercule et les fils de Léda essuyèrent mille travaux, et le succès de leurs exploits annonça votre puissance (1).

Dans les champs de l'Attique, au temps de la moisson, on entendait des couplets tels que celui-ci :

Courage, amis, point de repos ;
Aux champs qu'on se disperse ;
Sous la faux de Cérès que l'épi se renverse,
Déesse des moissons, préside à nos travaux !
Veux-tu grossir le grain de tes épis nouveaux ?
Rassemble tes moissons dans la plaine étalées,
Et des gerbes amoncelées
Présente à l'aquilon les frêles chalumeaux.
Travaillons, le jour luit, l'alouette s'éveille.
Il est temps de dormir alors qu'elle sommeille (2).

A la table d'un Athénien, lorsque le vin se versait dans les coupes à flots étincelants, on chantait, une branche de laurier ou de myrte à la main :

Buvons, chantons Bacchus ! Il se plait à nos danses, il se plait à nos chants; il étouffe l'envie, la haine et les chagrins; aux grâces séduisantes, aux amours enchanteurs, il donne la naissance. Aimons, buvons, chantons Bacchus?

L'avenir n'est point encore, le présent n'est bientôt plus : le seul instant de la vie est l'instant où l'on jouit. Aimons, buvons, chantons Bacchus !

Sages dans nos folies, riches dans nos plaisirs, foulons aux pieds la terre et ses vaines grandeurs; et dans la douce ivresse que des moments si beaux font couler dans nos âmes, buvons, chantons Bacchus (3) !

---

(1) Encyclopédie du XVIIIe siècle.

(2-3) Barthélemy; *Voyage d'Anacharsis.*

Ainsi chantaient Alcibiade et Aspasie ; Aristophane préférait d'autres couplets. On lit dans Plutarque (*Vie de Démosthènes*) que, chez les Athéniens, Argas faisait des chansons pleines de fiel et de malignité.

A Sparte, la cité guerrière, les vieillards entonnaient ce chant :

Nous avons été jadis jeunes et braves.

Le chœur des jeunes gens répondait :

Nous le sommes maintenant. Approche, tu verras bien !

Un troisième chœur, celui des enfants, disait à son tour :

Et nous, un jour, le serons, et bien plus vaillants encore (1) !

Mais les Lacédémoniens, dit Lucien, qui passent pour les plus vaillants des Grecs, ne font rien sans l'assistance des Muses, à ce point qu'ils vont à la guerre au son de la flûte... Leurs jeunes gens n'apprennent pas moins à danser qu'à faire des armes.... La chanson qu'ils chantent en dansant est une invitation à Vénus et aux amours de venir s'ébattre et danser avec eux ; et l'une de ces deux chansons — car il y en a deux — contient une leçon de danse : « En avant, disent-ils, jeunes gens, allongez la jambe et divertissez-vous bien, c'est-à-dire dansez le mieux possible.

Le passage suivant de Plutarque, traduit par Amyot, nous montre la Chanson mêlée aux singulières *façons de faire* des Lacédémoniens : — « Si d'adventure quelqu'un estait surprins en commettant une fauste, il fallait qu'il environnast un certain autel de la ville tout à l'entour, chantant une chanson faicte en son blasme et vitupère, qui n'estait autre chose que de se tanser et arguer soy-même. »

(1) Plutarque ; *Vie de Lycurgue*.

VI

Les Romains, dans leurs commencements, eurent les chants des frères *Arvales*, pour demander aux dieux une récolte abondante, et les chants *Fescennins* qui, de badinages rustiques, devinrent bientôt des sarcasmes cruels. Ils invoquaient Bacchus dans leurs chants joyeux : Virgile (*Géorg.* II) recommandait à ses contemporains de répéter les chansons de leurs pères en l'honneur du dieu des vendanges. Les Romains eurent aussi des couplets grossiers, que vociféraient aux oreilles du triomphateur, montant au Capitole, ceux qui avaient été ses compagnons d'armes. Mais lorsque ce peuple de laboureurs-soldats se fut poli au contact de la Grèce, lorsque sa langue pleine de rudesse et d'énergie eut acquis les qualités d'une langue littéraire (1), il put redire les charmantes chansons dans lesquelles Horace, en chantant le plaisir, recommande la modération qui seule rend heureux :

> Va, mon enfant, chercher des parfums, des couronnes, de ce vin qui se souvient de la guerre des Marses, s'il a pu en échapper une amphore aux brigandages de Spartacus.
>
> Le doux sommeil ne dédaigne point l'humble toit de l'homme des champs, ni la rive ombreuse, ni le vallon où se jouent les zéphirs.
>
> Pourquoi changer ma vallée de Sabine contre des richesses qui me donneraient plus de tourments.

Pendant que Néron trouvait à Rome de viles complaisances et d'infâmes complicités dans la bassesse et la corruption des Romains dégénérés, la Chanson s'en allait dans les provinces exciter l'horreur contre les débauches et les crimes du tyran. Plutarque dit qu'en Espagne, où commandait Galba, il courait des couplets satiriques contre Néron. C'est en Espagne, on le sait, qu'eut lieu le soulèvement

---

(1) Pierron ; *Littérature romaine*.

qui donna au Sénat, jusqu'alors lâche et muet, le courage de prononcer la déchéance de l'histrion couronné. Ainsi la Chanson contribua à venger le vertueux Thraséas et à délivrer Rome d'un monstre.

Le couplet suivant, que les enfants chantaient dans les rues, fait voir que les Romains célébraient par des chansons les événements de quelque importance :

> Nous avons moissonné mille et mille têtes ; mille et mille têtes ont été l'ouvrage d'un seul homme. Vive mille et mille fois ce guerrier ! Personne n'a bu autant de vin qu'il a versé de sang !

Ce *Vivat* avait été composé en l'honneur d'Aurélien, qui devint ensuite empereur. Dans la guerre contre les Sarmates, neuf cent cinquante ennemis étaient tombés sous ses coups (1).

Aulu-Gelle a écrit, dans ses *Nuits Attiques*, un chapitre charmant à propos de chansons.

Un jeune Asiatique, appartenant à une famille de chevaliers, de mœurs enjouées, également favorisé de la nature et de la fortune, enfin aimant la musique, et doué d'heureuses dispositions pour cet art, donnait un repas à ses amis et à ses maîtres dans une petite maison de campagne, près de la ville. Il célébrait l'anniversaire de sa naissance.

A ce festin se trouvait avec nous Antonius Julianus, qui tenait une école publique d'éloquence. On le reconnaissait pour Espagnol à son accent. Il avait une parole brillante et facile, et une connaissance approfondie de l'antiquité. Quand les plats et les coupes eurent laissé le champ libre aux conversations, il témoigna le désir d'entendre chanter.

Il y avait dans la maison un grand nombre de jeunes

---

(1) Meusnier de Querlon ; *Mém. histor. sur la Chanson.*

chanteurs. Ils parurent et chantèrent à ravir des chansons d'Anacréon, de Sappho, et même de petits poèmes d'auteurs contemporains. Tous les vers étaient pleins de douceur et de grâce; mais rien ne nous ravit autant que ce chant si gracieux d'Anacréon :

Puissent la douceur des paroles et les grâces et l'harmonie charmer un instant la fatigue et l'inquiétude de ces longues veilles! Toi qui façonnes l'argent, Vulcain, façonne pour moi, non point une armure (qu'y a-t-il de commun entre les combats et moi?), mais une coupe profonde, aussi profonde que tu le pourras. Mets tout autour, non pas les deux Ourses, ni le sombre Orion (qu'ai-je affaire des Pléiades ou des étoiles de Bootès?), mais une vigne et des raisins. Que l'Amour et Bathylle, en relief d'or, y dansent avec le joli dieu du vin.

Après ce chant, plusieurs Grecs présents au festin, hommes aimables et qui n'avaient pas négligé l'étude de notre littérature, attaquèrent de leurs sarcasmes le rhéteur Julianus. Il n'était qu'un barbare, qu'un campagnard, qui n'avait apporté de l'Espagne qu'une déclamation criarde, qu'une faconde furieuse; enfin, que pouvait-il espérer de ses exercices dans une langue qui effrayait, loin de les charmer, Vénus et les Muses? Ils ne cessaient de lui demander son sentiment sur Anacréon et les poètes de son école; ils le pressaient de citer un poète latin dont la poésie coulât avec autant de volupté.

Julianus prit parti pour sa langue maternelle, comme pour ses autels et ses foyers. — « J'ai dû reconnaître, dit-il, que dans le luxe et les arts pervers, vous l'emportez sur nos coryphées. La chanson, comme la table et la parure, a chez vous des grâces particulières; mais je ne dois pas vous permettre de voir en nous, je parle des Latins en général, des hommes épais, sans jugement, ennemis des grâces Laissez-moi me couvrir la tête de mon manteau, comme Socrate l'a fait pour prononcer un discours peu grave, et apprenez que nos anciens poètes ont chanté avec grâce avant ceux dont vous avez parlé. »

Alors, baissant la tête, que couvrait son manteau, il chanta de la voix la plus suave les vers de Valerius Œdituus, vieux poète, de Porcius Licinius, de Quintus Catulus, qui, pour la pureté, l'élégance, le poli et la précision, égalent tout ce que la Grèce a pu produire. Voici les vers d'Œdituus :

Je m'efforce en vain, Pamphila, de t'exprimer l'inquiétude de mon âme. Que te demanderai-je ? Les paroles fuient loin de mes lèvres ; la sueur coule à travers ma poitrine, dévorée par l'amour silencieux ; je meurs deux fois !

Il chanta ensuite les vers de Porcius Licinius, qui ne sont pas moins doux que les précédents ; il finit par ceux de Catulus :

Mon cœur s'est envolé. Je pense que, selon sa coutume, il se sera rendu chez Théotime ; c'est là son refuge. Quoi ! ne lui avais-je pas recommandé de ne pas le recevoir, mais de renvoyer le fugitif ? J'irai l'y chercher ; mais n'y resterai-je pas moi-même ? Je le crains..... Que faire ? Déesse de Chypre, conseille-moi !....

Aulu-Gelle ne nous dit pas quel fut le jugement des jeunes Grecs sur ces chansons latines. Ils avaient trop bon goût pour ne pas les trouver pleines de charmes.

VII

La Chanson n'est pas seulement *très-ancienne ;* elle est aussi *universelle.* Elle est de tous les temps et de tous les pays.

Les Bardes, dans la Grande-Bretagne et dans la Germanie, entonnaient des chants de guerre en marchant au combat.

Les chefs Gaulois avaient des bardes attachés à leur personne, les suivant partout, enflammant leur valeur pendant le combat, et la célébrant après (1).

Le guerrier de la Scandinavie chantait sur le champ de bataille :

Corbeaux, voici votre pâture, nos ennemis sont morts; remerciez-moi, voici votre pâture !

Un jour de noces, l'Arabe chante :

Heureux jeune homme, remercie le Prophète de t'avoir donné une épouse si riche en perfections.

Il est blond le visage de ta compagne, blond comme la moisson soyeuse que les feux du soleil ont dorée. Ses doigts sont habiles à tisser les étoffes.

Dure et patiente, elle peut te suivre aux courses lointaines du désert, partager tes fatigues et tes dangers.

Lorsque tu reviendras fatigué de combats et de gloire, elle présentera à tes lèvres ardentes le lait aigre qui rafraîchit, et t'endormira au bruit d'une chanson de guerre.

Le ciel t'a enrichi d'un précieux trésor; remercie le Prophète, heureux jeune homme (2) !

VIII

Le Caraïbe, dans le Nouveau-Monde, — c'est Montaigne qui nous l'apprend, — défiait en chantant le vainqueur qui allait le dévorer :

Qu'ils viennent hardiment et s'assemblent pour dîner de moi; car ils mangeront leurs pères et leurs aïeux, qui ont servi d'aliment et de nourriture à mon corps.....

Ces muscles, cette chair et ces veines, ce sont les vôtres, pauvres fous que vous êtes; vous ne reconnaissez pas que la substance des membres de vos ancêtres s'y tient encore.....

---

(1) J.-J. Ampère; *Hist. littér. de la France*, 1.

(2) Deschanel; *Courtis. Grecques.*

Voici des images plus gracieuses. Le Basque, captif dans les chaînes d'une beauté, répétait ces couplets :

Depuis longtemps je cherchais une femme, je suis enfin parvenu à la rencontrer. Ceux qui la connaissent font l'éloge de sa vertu. Sa beauté est telle qu'il n'en existe pas de pareille.

Son regard est admirable, sa parole fort douce; sa taille élancée et droite; ses cheveux sont aussi blonds que l'or; son front a la limpidité du cristal, le rouge et le blanc ornent ses joues.

Epris de toutes ces merveilles, je me suis laissé envelopper dans ses filets. Que j'y demeure donc : car ses chaînes, loin de me paraître dures, ont pour moi un charme infini (1).

IX

Gaston Phébus chantait au pied des Pyrénées :

Aqueres montanhes,	Ces montagnes,
Qui tant hautes son,	Qui sont si hautes,
M'impedin de veder	M'empêchent de voir
Mas amors on son.....	Où sont mes amours.....
Si sabi las veder,	Si je savais les voir,
O las rencontrar,	Ou les rencontrer,
Passari l'ayguete	Je passerai l'eau
Sens paor de-m negar.....	Sans peur de me noyer.....
Hautes, bee son hautes,	Hautes, elles sont hautes,
Mas s'abaxaran,	Mais elles s'abaisseront,
Et mas amoretes,	Et mes amourettes,
Bee parexeran.	Oui, paraîtront (2).

(1) Arnaud Oïhenart; *Poésies basques.*
(2) *Revue d'Aquitaine*; Juillet 1859.

Les couplets suivants sont populaires en Grèce :

Pourquoi sont noires les montagnes ? Pourquoi sont-elles tristes ? Serait-ce que le vent les tourmente ? Serait-ce que la pluie les bat ? Ce n'est point que le vent les tourmente, ce n'est point que la pluie les batte.

C'est que Charon les passe avec les morts. Il fait aller les jeunes gens devant, les vieillards derrière, et les tendres petits enfants rangés de file sur la selle. Les vieillards le prient, et les jeunes gens le supplient :

— O Charon, fais halte près de quelque village, au bord de quelque fraîche fontaine : les vieillards boiront, les jeunes gens joueront au disque, et les tout petits enfants cueilleront des fleurs.

— Je ne fais halte près d'aucun village, au bord d'aucune fraîche fontaine. Les mères qui viendraient chercher de l'eau reconnaîtraient leurs enfants ; les maris et les femmes se reconnaîtraient, et il ne serait plus possible de les séparer (1).

X

L'Egypte moderne s'anime, en chantant, au souvenir des aïeux :

Soldats de l'Egypte, votre gloire est connue du monde, gloire haute en éclat, comme le soleil au milieu du jour. Votre renommée a parcouru l'univers ; les voix qui chantent les victoires l'ont chantée ; les oiseaux mêmes l'ont redite dans leurs mélodies.

Vos ancêtres se sont illustrés, ancêtres des vieux temps, ancêtres glorieux ! Soyez leurs descendants, plus grands qu'eux encore, eux dont partout on a reconnu la grandeur. Qui se modèle sur les nobles œuvres de ses pères, est sans nul doute dans la voie du bien (2).

Partout dans l'Italie indépendante retentit aujourd'hui ce chant à la Croix de Savoie :

Como bella, o argentea Croce !	Que tu es belle, ô Croix d'argent !

(1) Couplets traduits par M. Fauriel.

(2) *Revue de Paris* ; 1856.

Chant de reconnaissance, où sont exprimés les regrets qu'inspire la trop longue infortune de Venise :

E Venezia, in riva al mare	Venise au bord de la mer
Siede, guarda, e al cielo si duole;	Assise, regarde, et au ciel se plaint;
E conforte aver non vuole,	Elle repousse toute consolation,
Per chè figli più non ha !	Car elle n'a plus d'enfants !

Heureux le jour, où la Chanson pourra nous dire l'allégresse de Venise délivrée de ses chaînes et rendue à l'Italie !

XI

Il n'y a point de peuple qui n'ait ses chants nationaux, dans lesquels se reflètent ses coutumes, ses mœurs, la pensée dominante de chaque époque.

Le Nord se plaît à de mystérieuses ballades; l'Allemagne s'inspire de vieilles légendes; la Pologne redit tout bas ses *Mazurques*; l'Angleterre tressaille aux accents de *Rule Britannia*; les Prussiens ont leur *Chasse* sauvage de *Lutzow;* l'Helvétie a ses *Ranz*, l'Italie ses *Saltarelles*, l'Espagne ses *Fandangos;* enfin, la France a ses *Vaudevilles* (1).

C'est la Chanson qui nous redit les joies et les tristesses des peuples, leurs combats et leur héroïsme ; telles sont la *Marseillaise*, le *Chant du Départ*, le *Chant de Riégo*, la *Brabançonne*, la *Varsovienne*, et tant d'autres avec lesquelles on brave le danger, et que l'on répète dans des jours de victoire......

(1) Bouillet ; *Dict.*

La Chanson Française.

I

Essayant de remonter jusqu'à l'origine de la Chanson, nous l'avons montrée, d'abord, dans les temps les plus reculés, en Asie, dans la Grèce, à Rome; nous l'avons vue ensuite, à diverses époques, chez tous les peuples, s'inspirant des mœurs, des sentiments individuels et publics, des faits de l'histoire et des accidents de la vie privée.

Nous allons maintenant prendre la *Chanson française* dans ses commencements, et la montrer de siècle en siècle, avec ses formes variées, et dans ses rôles divers. Nous arriverons ainsi, de couplets en couplets, à la Chanson parfaite, au chef-d'œuvre du genre, que notre temps seul peut, à bon droit, s'honorer d'avoir produit.

Nulle part on n'a chanté autant et aussi bien qu'en France. Parmi ces mille et une petites pièces qui se produisent chaque jour sur la scène depuis que nous n'avons plus, hélas! ni Corneille, ni Racine, ni Molière, il en est une très-amusante, qui a pour titre : *Jovial*, ou l'*Huissier Chansonnier*. Cet officier ministériel, fameux par cent *exploits*, va, vient, au milieu des circonstances de sa vie et de son état, et à chaque pas qu'il fait, à chaque mot qu'il entend, quoi qu'il arrive, il dit toujours : *J'ai fait une chanson là dessus*, et il le prouve. Moins huissier que lui, bien qu'il se soit distingué par plus d'*exploits* encore, mais tout aussi *jovial*, le Français, comme le héros de la petite pièce, peut répéter à tout propos : *J'ai fait une chanson là dessus!*

Les combats, la beauté, l'amour, la guerre et la paix, la politique, le berceau et la tombe, les noces et les funérailles, le mariage et le célibat, la ville et la campagne, la mode, la table et le vin, le peuple, les ministres et les rois, tout a inspiré à la Chanson française des couplets belliqueux, tendres, plaintifs, joyeux, satiriques, éloquents, des *Tra*, *la*, *la* qui narguent, des *Flon*, *flon*, où l'esprit pétille, des *Ture*, *lure* malins, des *Faridondaire* qui font rire, des *Lanlère* moqueurs, des *Biribi* qui raillent, et des refrains plus sérieux où respire un ardent patriotisme.

Notre Chanson, dit M. Lenient, s'envole de tous côtés, folle, joyeuse et babillarde, brisant, variant son rhithme à l'infini, heureuse de traverser l'air libre, comme l'alouette au matin :

Hé ! aloete
Joliete !

C'est elle, l'aimable vagabonde, qui lancera les premiers sourires et les premiers traits de l'esprit français. Tour à tour moqueuse, tendre, grave ou plaintive, changeante et multiple comme la fantaisie et l'à-propos dont elle est la fille, elle effleurera de son aile légère tous les accidents de la vie publique et privée ; elle égayera les jours de fête, elle consolera le peuple de ses misères et de ses humiliations. Même au milieu des splendeurs du XVII.e siècle, en face de cette littérature majestueuse et solennelle, entre les oraisons funèbres de Bossuet et les chefs-d'œuvre dramatiques de Corneille et de Racine, elle inspirera, en son honneur, au grave Boileau, les vers les plus gracieux, les plus français, les plus chantants qu'il ait écrits :

Cet enfant du plaisir veut naître dans la joie,
Agréable indiscret, qui, conduit par le chant,
Passe de bouche en bouche et s'accroît en marchant.

Ainsi vole la Chanson, riant des barons attardés sur la route de Jérusalem, puis des Anglais, puis des Ligueurs, puis de la Fronde ; sonnant d'une main légère et insouciante les funérailles de la monarchie à la veille de 89. Plus tard, ardente, échevelée, c'est elle encore qui mettra sur pied, au cri de la *Marseillaise*, douze armées de volontaires contre les rois coalisés. Ne refusons donc pas une page de souvenir à cette mère de notre poésie, qui a charmé, égayé, vengé, sauvé nos pères, et qui nous a donné Béranger (1).

II

Nos premières chansons furent celles qu'on appelle *Chansons de gestes*. Les guerres de Charlemagne, les prouesses des paladins, ses compagnons d'armes, quelle belle matière pour d'héroïques couplets! On les chantait en marchant au combat, ou dans les festins, ou sur les places publiques, aux jours des grandes fêtes (2).

Après les *gestes*, nous trouvons la chanson d'Abélard. L'abbé Massieu, dans l'histoire de la poésie française, nous apprend qu'Héloïse lui écrivait :

« Deux choses vous gagnaient tous les cœurs, une heureuse facilité à faire les plus jolis vers du monde, et une grâce incomparable à les chanter, talents qui se trouvent rarement dans les savants de profession. C'était par ces jeux agréables que vous tâchiez d'égayer l'austérité de la philosophie. Eh! quel charme n'avaient pas les *chansons* tendres que l'amour vous dictait! Quelle douceur dans les paroles et dans les airs! On ne parlait que de celui à qui on devait des compositions si galantes. Elles étaient connues de tout le monde; leurs beautés se faisaient sentir aux plus grossiers; il n'y avait point de femme qui n'en fût enchantée. Combien m'attirèrent-elles de rivales! »

Puis vinrent les Croisades, la chevalerie, les tournois,

---

(1) C. Lenient, Profess. de Rhét. au Lycée Napoléon.—*La Satire en France, au moyen âge*. — Paris, Hachette, 1859.

(2) *Hist. litt.* — XXII.

les cours d'amour. Les guerres, les combats, la galanterie, tels furent, du XIe au XIIIe siècle, les sujets de toutes les chansons; du Midi au Nord, on entend des chants d'amour, gais ou langoureux :

Lo gens temps de Pascor	Le gracieux temps de Pâques
Ab la fresca verdor	Avec sa fraîche verdure
Nos adui fuelh e flor	Nous amène feuilles et fleurs
De diversa color;	De diverses couleurs;
Per que tug amador,	Par lui tous les amoureux
Son guay e cantador,	Sont réjouis et chantent;
Mas ieu, que plang e plor,	Excepté moi, qui gémis et pleure,
Cui jois non a sabor.	Pour moi la joie n'a plus de charme.

Bern. de VENTADOUR.

Quand j'o chanteir l'aluete
Et ces menus osillons,
Et je sens de violetes
Odoreir tos ces boussons,
Lors est bien drois et raisons
Que de chanteir m'entremete
Por la bele Amelinete
Cui je vi gardeir moutons
Chantoit une chanconete
Dont moult me plaisoit li sons.

Jocelin de BRUGES.

Les chansons des Troubadours et des Trouvères, tout en répétant les joies et les plaintes des amants, exprimaient les malices et les colères de la satire :

« Dame, je vous ai longtemps servie, Dieu merci! Aujourd'hui l'envie m'en est passée...... » C'est Quênes de Bethune qui chante ainsi; il continue :

Mal ait vos cuers convoitous	Fi! de votre cœur ambitieux
Qui m'envoia en Surie!	Qui m'a envoyé en Syrie!
Fausse estes, vois plus que pie;	Vous êtes plus fausse qu'une pie;
Ne mais por vous	Plus pour vous
N'averai ja iex plorous :	Je n'aurai les yeux larmoyants:
Vos estes de l'abbaïe	Vous êtes de la congrégation
As s'offre-à-tous;	Des *s'offre-à-tous;*
Si ne vos nommerai mie.	Je ne vous nommerai pas.

Guillaume Figuéras, de Toulouse, éclate contre Rome, qu'il accuse avec fureur d'avoir fait couler des flots de sang dans son pays :

Roma, ben dessern	Rome, je discerne bien;
Los mals qu'om ne pot dire;	Les maux qu'on peut en dire;
Quar faitz, per esquern,	Vous faites, par mépris,
Dels crestias martire ;	Martyrs des chrétiens;
Mas en qual cazern	Mais en quel livre
Trobatz qu'om dey'aucire,	Trouvez-vous qu'on doive tuer,
Rom', als crestias ?	Rome, des chrétiens.
. . . .	. . . .
Rom', als homes pecx	Rome, aux hommes malheureux,
Rozetz la carn et l'ossa !	Vous rongez la chair et les os !
. . . .	. . . .
Roma desleyals,	Rome cruelle,
Razitz de totz mals,	Racine de tout mal,
Els focx yfernals	Dans les feux de l'enfer
Ardretz !........	Vous brûlerez !.......

Voilà ce que la Muse de la Chanson répondait au Légat qui criait, au siége de Béziers : *Tuez toujours, Dieu connaît ses élus !*

La Chanson soupire, s'égaie, médit et maudit...... sur les chemins que parcourent les Troubadours errants, au pied des tours crénelées, dans les nobles manoirs, dans les cours féodales. Poëtes plébéiens ou chevaliers, belles châtelaines, puissants seigneurs, princes et rois, *tous* cultivent alors la Muse de la Chanson : Bernard de Ventadour, Giraud de Borneil, Folquet de Marseille, Gaucelm Faydit, Pierre Vidal, Guillaume de Cabestaing, Arnaud de Mareuil, la comtesse de Die, Mabille de Villeneuve, Antoinette de Cadenet, Raimond Bérenger, comte de Provence, Guillaume VIII, duc d'Aquitaine, Pierre Mauclerc, comte de Bretagne, Richard Cœur de Lion, roi d'Angleterre, Charles d'Anjou, roi de Sicile, frère de Saint-Louis, Thibaut, comte de Champagne et roi de Navarre; ces noms furent, à cette époque, avec une foule d'autres, la gloire, le charme et l'honneur de la Chanson.

De tous les princes chansonniers, Thibaut, comte de Champagne, est le plus célèbre sans contredit. C'est lui qu'on doit appeler le *père de la Chanson française.* Ses vers manquent quelquefois de naturel ; mais souvent on y trouve du sentiment, de la grâce, toutes les qualités d'un vrai poète.

Tel était l'empire de la Chanson, au XIIIe siècle, qu'elle put se faire entendre du haut de la chaire sacrée.

Etienne Langton, archevêque de Cantorbery, prit un jour ce couplet pour texte d'un sermon en l'honneur de la Vierge :

Bele Alix matin leva
Son cors vesti et para,
Enz un vergier s'en entra
Cinq flurctes y trova ;
Un chapelet fet en a
De bel rose flurie.
Pur Deu trahez vos en la
Vos ki ne amez mie.

L'orateur, appliquant chacun de ces vers à la mère du Sauveur, en tirait une explication mystique. La Vierge, disait-il :

Ceste est la bele Alix,
Ceste est la fleur, ceste est le lis.

La chaire alors n'avait rien à craindre d'une pareille bizarrerie, d'une pareille familiarité (1). Ce fait d'un prélat anglais se servant de la langue française dans un sermon prononcé devant un public anglais, est aussi digne d'être remarqué (2).

---

(1) C. Lenient ; *La Satire en France.*
(2) *Curiosités bibliographiques* ; Paulin, édit.

III

Au XIVe siècle, notre Chanson prit un caractère historique plus marqué. En 1355, on composa à Paris des chansons sur la captivité du roi de Navarre, Charles-le-Mauvais. Chateaubriand, dans ses *Etudes historiques*, en parlant des événements de 1358, cite ce couplet sur le *bon homme*, c'est-à-dire sur le paysan :

> Cessez, cessez, gens d'armes et piétons,
> De piller et manger le bonhomme,
> Qui de longtemps *Jacques Bonhomme*
> Se nomme.

Diverses ballades déplorèrent la mort de Bertrand Duguesclin, en 1380 ; et Froissart cite les vers suivants comme extraits d'une chanson dite à l'entrée d'Isabeau de Bavière à Paris, par deux anges qui lui mirent, en descendant du ciel, une couronne sur la tête, lorsqu'elle passa à la seconde porte Saint-Denis :

> Dame enclose entre fleur de lys,
> Reine, estes vous de Paradis,
> De France et de tout pays.

Le poète qui faisait chanter ces anges, ne prévoyait pas ce que deviendrait l'indigne Isabeau de Bavière, qui enleva la couronne à son propre fils, pour la donner à l'*étranger*.

En 1395, à l'époque du grand schisme d'Occident et de la démence de Charles VI, on fit beaucoup de chansons satiriques ; elles étaient si redoutées, qu'on rendit à Paris l'ordonnance suivante :

« Soit crié de par le Roy, etc..... Nous deffendons à tous dicteurs, faiseurs de ditz et de chansons, et à tous autres menestriers de bouches et recordeurs de ditz, qu'ils ne facent, dyent ne chantent en place ni ailleurs, aucuns ditz, rymes ne chansons qui facent mention du Pape, du Roy nostre seigneur, de nos ditz seigneurs de France, au regard de ce qui touche le fait de l'union de l'Eglise, ne les voyages que ilz ont faitz ou feront pour cause de ce, sous peine d'amende volontaire et d'estre mis en prison deux mois, au pain et à l'eau.

» Escript soubs nostre signet, le mardy quatorzième jour de septembre, mil trois cent quatre-vingt-quinze (1). »

Les *ballades* sont les chansons du XVe siècle plus particulièrement que de tout autre. Elles chantèrent l'amour et les événements contemporains. C'est à un prince, à Ch. d'Orléans, neveu de Charles VJ, que nous devons les plus gracieuses et les plus poétiques ballades de cette époque. Fait prisonnier à la désastreuse bataille d'Azincourt, il fut retenu captif pendant vingt-cinq ans. Il charmait, en faisant des vers, les ennuis de sa prison. A la vue de la mer qui le séparait de sa patrie, il chantait :

En regardant vers le pays de France,
Un jour m'avint, adouré sur la mer,
Qu'il me souvint de la douce plaisance,
Que souloie au dit pays trouver.
Si commençay de cueur à soupirer,
Combien certes que grand bien me faisait
De veoir France que mon cueur amer doit.

La France luttait alors contre l'Angleterre... Elle était en proie aux fureurs de la guerre civile.... La Chanson ranimait le courage des vaincus ; les rues de Paris retentirent de couplets qui exprimaient tour-à-tour des vœux pour *Arma-*

(1) *Biblioth. de l'Ec. des Chartes*, t. III, IV ; *Recherches sur l'hist. de la Corporation des ménétriers de la ville de Paris* ; Bernhard.

gnac et pour *Bourgogne*. A ceux qui crieront plus tard : *Vive le Roi*, *Vive la Ligue!* la Chanson disait :

On ne peut desservir deux cures;
Ne prends gaiges à deux cours.
. . . .

Comme elle est fière et joyeuse quand sont venus les jours d'heureux succès ! L'Anglais a été battu :

...... La dernière des batailles,
Par leur trépas nous a vengiés !
. . . .
Beuvons tous ! des jours de destresse
Jectons le record dans ce vin.
Ores ne me chault que lyesse:
Beuvons tous du vespre au matin !

Cet accent et cette langue font pressentir la vigueur et l'entrain que la Chanson française aura plus tard.

IV

Dans ce même siècle, un poète Normand, foulon de son métier, eut la gloire de donner le nom du pays où il était né, au genre qu'il cultiva. Olivier Basselin chantait sur le penchant d'un côteau, nommé les *Vaux*, au pied duquel coule la *Vire*; c'est par altération qu'on a appelé sa chanson *Vaudeville*. En voici une qui se rapporte à un événement d'intérêt public. Les Anglais assiégent Vire :

Tout à l'entour de nos remparts
Les ennemis sont en furie;
Sauvez nos tonneaux, je vous prie !
Prenez plustôt de nous, souldars,
Tout ce dont vous aurez envie.
Sauvez nos tonneaux, je vous prie !

Nous pourrons aprez, en beuvant,
Chasser nostre mérencolie :
Sauvez nos tonneaux, je vous prie!
L'ennemi, qui est cy-devant,
Ne nous veult faire courtoizie,
Vuidons nos tonneaux, je vous prie!

Au moins, s'il prend nostre cité,
Qu'il n'y treuve plus que la lye :
Vuidons nos tonneaux, je vous prie!
Deussions-nous marcher de costé,
Ce bon sildre n'espaignons mie :
Vuidons nos tonneaux, je vous prie (1)!

Le *Vaudeville*, voilà la véritable Chanson française : le poète des bords de la Vire mêlait aux traits de sa malice l'éloge du cidre et du vin; de là, la *Chanson à boire* et la *Chanson satirique*.

La *Chanson amoureuse* est devenue la *Romance*. Laissons-la aux langoureux des salons. *Hortense* et *constance*, *douleurs* et *pleurs*, *volage* et *bocage*, *espoir* et *soir*, c'est là le texte presque invariable de tout ce qu'ils chantent, soupirent ou roucoulent avec accompagnement de piano.

Avec quelle ardeur l'esprit narquois, goguenard et caustique de nos aïeux saisit la forme piquante du couplet, d'où le trait sort à chaque vers, et s'enfonce à chaque refrain! Il blasonna les grands, il fit une chanson sur toutes les circonstances publiques, sur tous les accidents de la vie privée (2). Ménage a dit : « Un recueil de *Vaudevilles* est indispensable à qui veut bien connaître l'histoire. »

Avant d'en finir avec le XVe siècle, il faut citer Villon.

(1) Vaultier; *Mémoires de l'Académie de Caen*; — 1836.
(2) Bescherelle; *Dict. national*.

Sa muse, comme Boileau l'a dit d'un autre, se sent des lieux que fréquentait l'auteur; mais en remuant son fumier, — c'est M. Sainte-Beuve qui parle ainsi, — on y découvre plus d'une perle enfouie; par exemple, la ballade des *Dames du temps jadis*. Le poète demande où sont les belles femmes du temps passé, où est *Flora*, la romaine, où est *Thaïs*, où est *Echo*, où est *Héloïse*, où est *Berthe*, où est *Alix*, et, à la fin de chaque couplet, il répète : *Mais où sont les neiges d'antan* (de l'an passé)! Quelle ingénieuse image! La beauté qui passe comme la neige fond......; il ne reste pas plus de traces de la beauté qui excitait tant et tant d'admiration, que des *neiges de l'an passé!*

V

Le XVIe siècle nous offre la chanson galante de François Ier, et la chanson gracieuse de Marot. Le roi chantait ainsi — il est question d'une dame de la cour :

Ores que l'ay sous ma loy,
Plus je règne aymant que roy.
C'est fortune qui guerdonne
De sceptre, empire et couronne;
Mais le cœur d'elle est le thrône
Où veult s'asseoir mon amour.
Adieu, visages de cour:
Pour cœurs faux sont les faux biens;
En elle sont tous les miens.
Ores que l'ay sous ma loy,
Plus je règne aymant que roy.

Dans les couplets suivants de Marot, mélange heureux

de vive tendresse et de douce résignation, faut-il voir un souvenir de Marguerite de Valois ?

Puisque de vous je n'ay autre visage,
Je m'en vais rendre hermite en un désert.
Pour prier Dieu, si un autre vous sert,
Qu'autant que moy en votre honneur soit sage,
Je m'en vais rendre hermite en un désert.

Adieu amour, adieu gentil corsage,
Adieu ce rire, adieu ces si beaux yeux,
Dont un regard semblait m'ouvrir les cieulx :
Je n'ay pas eu de vous grand avantage;
Un moins aimant aura peut-être mieulx.

La Chanson ne pouvait manquer de se faire entendre sur la captivité du roi à Madrid :

Quand le roy partit de France
A la malheure il partit ;
Il en partit le dimanche,
Et le lundy il fut pris.

Il en partit, etc.
Rens, rens-toy, roy de France
Rens-toy donc, car tu es pris.

. . . .
Ils le prirent et le menèrent
Droit au château de Madrid.

Ils le prirent, etc.
Et le mirent dans une chambre
Qu'on ne voiroit jour ne nuit,

. . . .
Et le mirent, etc.
Que par une petite fenestre
Qu'estoit au chevet du lit.

Que par, etc
Regardant par la fenestre,
Un courrier par là passit.

. . . .
Courrier qui porte lettre
Retourne-t en à Paris;

Courrier, etc.
Et va-t'en dire à ma mère,
Va dire à Montmorency,

Et va-t'en, etc.	Qu'on fasse, etc.
Qu'on fasse battre monnoie	Et à mon cousin de Guise
Aux quatre coins de Paris;	Qu'il vienne ici me requery (1).

Ces couplets durent avoir une grande popularité.... Ils furent *traduits* en béarnais, avec quelques variantes, dans le montagnes d'Ossau. Il est dificile d'admettre que le Béarn, qui était alors une Souveraineté indépendante de la France, ait le premier chanté sur la captivité du prince français. C'est donc à tort, nous le croyons, que M. Mazure (2) et beaucoup d'autres, après lui, ont assigné à ce chant une origine purement béarnaise.

Tous les recueils de chansons de ce temps contiennent de vrais *Vaudevilles*. La rivalité de François Ier et de Charles-Quint, le désastre de Pavie, le passage de l'Empereur par la France, la mort funeste de Henri II, le départ de France de Marie Stuart, les guerres civiles, la mort de Charles IX, l'insolence des *mignons* de Henri III, l'assassinat de ce prince, etc., etc., sont la matière de *Vaudevilles* qui se chantaient publiquement (3).

Du Bellay, Ronsard, Baïf, Passerat, Desportes, firent des chansons dont quelques-unes sont encore aujourd'hui citées pour le charme qu'elles respirent. Desportes, chargé de nous ne savons quelles chaînes, composa ces couplets :

Douce liberté désirée
Déesse, ou t'es-tu retirée,
Me laissant en captivité?
Hélas! de moi ne te détourne:
Retourne, ô Liberté, retourne,
Retourne, ô douce Liberté!

(1) *Chans. Maurepas*, Manuscrit, T. 1, p. 13.
(2) *Histoire du Béarn.* — Pau, Vignancour, 1839.
(3) Meusnier de Querlon; *Mém. hist. sur la Chanson.*

Ton départ m'a trop fait cognoistre
Le bonheur où je soulois estre,
Quand douce tu m'allois guidant,
Et que sans languir davantage,
Je devois, si j'eusse esté sage,
Perdre la vie en te perdant.

Les guerres de religion ensanglantaient la France. Le duc de Guise, qui assiégeait Orléans, fut assassiné par Poltrot de Méré. La Chanson nous apprend, mieux que l'histoire, la joie que ce crime fit éprouver aux Huguenots : indice atroce du fanatisme de ce temps !

. . . .

Le Guisart est passé le long de la rivière :
Poltrot le devança de fort bonne manière,
Se pourmenant sous le noïer du coing,
Tenant sa pistolle en son *point.*

Cette pistolle estoit de poudre bien chargée,
Trois balles y estoient sans aucune dragée,
Qu'il fist forger à Lyon tout exprès,
Pour faire un si beau coup après.

Le Guisart est passé tout le long de la baye,
Poltrot le devança, lui fit mortelle playe,
Et lui donne ce vert galant
Dedans l'espaule bien avant.

. . . .

Qui fit cette chanson? Un enfant de la ville,
Faisant profession de suivre l'Evangile.
Au bout de l'an revisita le lieu,
Pour en rendre louange à Dieu (1).

---

(1) Rec. F. Gaign. de la Bibl. Imp. — *Cabinet historique.*

Les massacres du 24 Août 1572 vengèrent bien cruellement la mort de François de Guise.

Charles IX a pris rang parmi les mauvais rois; il n'a pu prendre place parmi les bons poètes. On dit que la Muse de la Chanson lui inspira un jour ces vers, moins mauvais que tant d'autres qui lui sont attribués :

François premier prédit ce point :
Que ceux de la maison de Guise
Mettroient ses enfants en pourpoint,
Et son pauvre peuple en chemise.

La Ligue fut l'œuvre des Guise. Que de chansons contre elle ! On en fit aussi contre ses ennemis : mais ces derniers eurent toujours l'avantage avec la plume, aussi bien qu'avec l'épée.

Les ligueurs chantaient à l'adresse du *Béarnais* :

Tu fais le catholique,
Mais c'est pour nous piper,
Et comme un hypocrite
Tâche à nous attraper.

Pour couvrir ta malice,
Prends la peau d'un renard;
Mais de tel artifice
Et de toi Dieu nous gard.

Vive la sainte Ligue !
Et vivent les ligueurs,
L'Eglise catholique,
Et tous les bons seigneurs !

Du camp d'Henri IV, où l'on s'inspirait de la verve et de la raison du maître, on leur répondait :

Vous, ligueurs séditieux,
Qui aimez tant la malencontre,
Superbes et ambitieux,
Dieu fera qu'elle vous rencontre;
Vous prêchez la sédition,
Mettant tout en désunion.

De loups vous faites brebis,
Pour attrapper votre substance,
Dont vous faites, qui est le pis,
La guerre à Dieu et à la France,
Et détruisez en un instant
Ce que l'on a bâti en mille ans (1) !

Il ne faut point chercher de beaux vers dans ces chansons; on y trouve seulement l'expression franche des sentiments qui partageaient alors la France en deux camps ennemis.

Henri IV donna la paix à la France, et le peuple reconnaissant a chanté :

Vive Henri quatre,
Vive ce roi vaillant !
Ce diable à quatre
A le triple talent
De boire et de battre
Et d'être un vert galant !

A ce triple talent, il faut en ajouter un autre, celui de faire des chansons, et le *diable à quatre* du refrain populaire sera complet : Henri IV chanta sa *Charmante Gabrielle* ; et, un soir qu'il soupait chez la duchesse de Sully, notre roi galant et spirituel improvisa, dit-on, ce couplet ; — la duchesse était fort glorieuse :

Je bois à *toi*, Sully !
Mais j'ai failly :
Je devais dire à *vous*, adorable duchesse !
Pour boire à vos appas,
Faut mettre chapeau bas.

Pour exprimer la joie que lui faisait éprouver un heureux succès promptement obtenu, Henri IV citait gaiement une

(1) Le Roux de Lincy; *Chants historiques.*

chanson, qu'il plaçait à côté des trois mots fameux du conquérant romain. Il écrivit à la princesse d'Orange, le 2 Avril 1606, après la prise de la forteresse de Sedan :

« Ma cousine, je diray comme fit César, *veni, vidi, vici*, ou comme » la *Canson*,

» Trois jours durèrent nos amours,
» Et se finirent en trois jours,
» Tant j'étais amoureux

» de Sedan !... Vous pouvés maintenant dire si je suis véritable ou non, » ou si je sçavois mieux l'estat de cette place que ceux qui me vouloient » faire croire que je ne la prendrois de trois ans. »

Enfin, *Malherbe vint*..... Mais ce ne fut point pour faire de bonnes chansons. Sa renommée, il est vrai, n'y a rien perdu.

VI.

Sous le règne de Louis XIII, la chanson de Maynard « *aime* parfois *à trinquer à tasse pleine* ; » elle a le verbe haut et le geste provocateur des habitués de la taverne :

Ça qu'on me donne une bouteille,
Pleine d'un bon vin qui réveille
Les esprits les plus languissants,
Le nectar lui cède la gloire ;
Et les dieux pour en venir boire
Se travestissent en passants.

. . . .

Mon orgueil bruit comme un tonnerre :
Il n'est point de roi sur la terre
A qui je ne fasse un défi ;
A la fierté de mon langage,
Il semble que j'ai mis en cage
Le Prestre-Jean et le Saphi.

Ce n'est pas tout de boire...., comme dit La Fontaine; *il faut sortir d'ici....* Il faut mourir !

Dès que la mort impitoyable
Aura de sa main effroyable
Saisi ma vieillesse au collet,
Je veux qu'une vive peinture
Embellisse ma sépulture,
De l'image d'un gobelet.

Maître Adam, de Nevers, dira bientôt les mêmes choses ; mais son style sera plus ferme ; ses images auront des couleurs plus vives et plus éclatantes.

A cette époque, comme de nos jours, on lisait dans toutes les tavernes : — *Crédit est mort !....* Quel désespoir pour les buveurs ! Ecoutons Claude de l'Estoile :

Vive les lieux où l'on s'enivre !
On ne les saurait trop chérir,
Vivre sans boire, c'est mourir ;
Et mourir en buvant, c'est vivre.

Toute chose ici nous oblige ;
La taverne est notre élément ;
Et dans ce beau lieu seulement
La mort du crédit nous afflige.

Après avoir vidé nos verres,
Nous disons de bonnes chansons,
Pour charmer l'hôte et ses garçons,
Avec nos voix et nos *guitterres*.

Mais par musique ni paroles,
Ces gens-là ne se gagnent plus ;
Ils n'aiment point le son des luths,
S'il n'est joint au son des pistoles.

C'était aussi le son qu'aimait Concini. L'insolent parvenu puisait à pleines mains dans le trésor laissé par Henri IV.

La Chanson vengea la France du scandale que fit la rapide fortune de ce *marquis* d'un jour, devenu *maréchal* sans avoir jamais tiré l'épée. Ni sa femme, Léonore de Galigaï, ni le duc d'Epernon, ni le duc de Luynes n'échappèrent à la malignité des couplets.

Le duc de Luynes et ses deux frères, dit Tallemant des Réaux, avaient acquis un grand ascendant sur le Roi. On chantait, entr'autres couplets, celui-ci contre eux :

D'enfer le chien a trois têtes
Garde l'huis avec effroi;
En France trois grosses bêtes
Gardent d'approcher le Roi.

Muse, changeons de ton! Mademoiselle a écrit dans ses *Mémoires* que régulièrement, trois fois la semaine, on avait à la Cour le divertissement de la musique, et que la plupart des airs qu'on chantait étaient de la composition du roi ; il en faisait même les paroles, et le sujet n'était jamais que Mlle de Hautefort. M. Cousin ajoute : Les vers amoureux de Louis XIII ne sont pas venus jusqu'à nous ; mais voici un couplet d'une autre chanson, dont l'auteur est inconnu, et qui, ce nous semble, peint avec assez de grâce le charme qu'exerçait Mlle de Hautefort sur l'humeur chagrine de son royal amant :

Hautefort, la merveille,
Réveille
La gaieté de Louis,
Quand sa bouche vermeille
Lui fait un souris.

Maynard était moins galant ; il s'adressait à une vieille coquette :

Regrettez votre jeunesse
Et tâchez de vivre en paix ;
Un sermon, une grand messe
Sont votre lot désormais.....

Et s'il vous vient en pensée
Ce que jadis avez fait,
Pour ceux qui vous ont *aimée*
Dites votre chapelet.

Presque en même temps, la duchesse de Chevreuse, bravement *déguisée en cavalier*, franchissait les Pyrénées. Elle allait, à travers des périls, chercher en Espagne un refuge, où ne pourrait l'atteindre la haine de Richelieu. La chanson vanta son allure virile :

La Boissière, dis-moi,
Vais-je pas bien en homme?
Vous chevauchez, ma foi,
Mieux que tant que nous sommes.

Maynard, L'Estoile, d'Urfé, Saint-Amant, etc., sont les chansonniers du règne de Louis XIII. Leurs couplets ne purent distraire ce prince. A peine prêta-t-il l'oreille à ceux de Dassoucy, que tout le monde chantait à la Cour :

Que Saint-Amant a de raison
D'aimer le jus de la vendange!

Malheureux roi! Le soin qu'on avait eu de l'amuser à la chasse, dit Tallemant des Réaux, servit fort à le rendre sauvage. Mais cela ne l'occupa point si fort qu'il n'eût tout le loisir de s'ennuyer. Il prenait quelquefois quelqu'un et lui disait : « Mettons-nous à cette fenêtre, puis ennuyons-nous, ennuyons-nous, » et il se mettait à rêver. On ne saurait quasi compter tous les beaux métiers qu'il apprit, outre ceux qui concernent la chasse : car il savait faire des lacets, des filets, des arquebuses, de la monnoie; il était bon confiturier, bon jardinier. J'ai peur d'oublier quelqu'un de ses métiers; il rasait bien, et un jour il coupa la barbe à tous ses officiers, et ne leur laissa qu'un petit toupet au menton (de là vient l'usage d'appeler *royale* le bouquet de barbe placé sous la lèvre inférieure); on en fit une chanson :

Hélas ! ma pauvre barbe,
Qu'est-ce qui t'a faite ainsi ?
C'est le grand roi Louis,
Treizième de ce nom,
Qui toute a ébarbé sa maison.

Ça, monsieur de La Force,
Que je vous la fasse aussi :
Hélas ! sire, merci !
Ne me la faites pas :
Plus ne me connaîtroient vos soldats.

Laissons la barbe en pointe
Au cousin de Richelieu ;
Car pour la *Vertudieu* !
Ce seroit trop oser
Que de la lui prétendre raser.

La Chanson ne fut pas plus audacieuse que le roi ; elle ne toucha point à la barbe de Richelieu ; elle ne décocha ses traits contre lui qu'après sa mort :

Ci-gît le pacifique Armand,
Dont l'esprit doux, juste et clément,
Ne fit jamais mal à personne ;
Il n'a garde d'être damné,
S'il est vrai que Dieu lui pardonne,
De même qu'il a pardonné.

Armand, depuis que le trépas
A tranché le cours de tes pas,
C'est à qui blâmera ta vie ;
Mais moi qui déplore ton sort,
Je dis sans haine et sans envie,
Que c'est assez que tu sois mort.

Ci-gît qui fut sans foi, sans loi,
Sans âme, sans Dieu, ni sans roi ;
Ci-gît qui sur terre, sur l'onde,
Haï des hommes et de Dieu,
A *fourbé* les plus grands du monde :
Le cardinal de Richelieu.

. . . .

Pour l'honneur de la Chanson, nous aurions voulu qu'elle se fût élevée, du vivant de Richelieu, contre certaines rigueurs excessives de son *Eminence rouge*.

VII

La Chanson nous a montré l'aimable et décent sourire de M.me de Hautefort égayant un peu l'humeur chagrine de Louis XIII. Les couplets suivants témoignent de l'impression que la beauté de cette chaste dame fit aussi sur le cœur du prince qui s'attacha plus tard Fontanges, La Vallière et Montespan..... Louis XIV, bien jeune, fit faire par Benserade ces vers amoureux pour M.me de Hautefort :

Objet aimable et vertueux,
Comme un amant respectueux
Je mets à vos pieds mon empire.

. . . .

Mon père eut le même transport,
Et m'a laissé, quand il est mort,
Cette belle flamme en partage.
Je l'ai trouvée entre ses biens,
Et j'en préfère l'héritage
A tous les sceptres que je tiens.

De la Reine et de vous j'apprends
Des préceptes bien différents,
Qu'il ne faut pas que je dédaigne :
Elle, se faisant obéir,
M'instruit comme il faut que je règne,
Et vous m'apprenez à servir.

Benserade, dans cette circonstance, se montra parfait courtisan, mais ne fut qu'un médiocre poète. Tallemant des Réaux nous apprend qu'il fit aussi des chansons sur toutes les filles de la Reine, et sur Mme de Ségur, leur doyenne :

Quelle injustice pour Ségur !
Elle est blanche, elle est blonde,
Et trouve à tout le monde
Le cœur un peu dur.
Je la vois réduite
En un étrange point :
Les Messieurs sont en fuite,
Et son embonpoint
Ne les rappelle point.

Comme le jeune roi s'entretenait familièrement avec Madame de Châtillon, Benserade fit là-dessus des couplets :

Châtillon, gardez vos appas
Pour une autre conquête;
Si vous êtes prête,
Le roi ne l'est pas.
Avec vous il cause;
Mais, en vérité,
Il faut bien autre chose
Pour votre beauté
Qu'une *minorité*.

Mme de Châtillon dit au poète : « Mon petit ami, s'il vous arrive encore de parler de moi, je vous ferai rouer de coups de bâton. » C'est ainsi qu'on se vengeait à cette époque des mauvaises plaisanteries qui se traduisaient en chansons. Malherbe aussi avait eu recours à cette sorte d'arguments frappants, pour répondre à un certain Berthelot qui l'avait piqué au vif dans ces couplets :

Dire que Malherbe est habile
A reprendre Homère et Virgile,

Cela se peut facilement :
Mais bien qu'il soit d'avis contraire
De croire qu'il puisse mieux faire,
Cela ne se peut nullement.

Etre six ans à faire une ode,
Et faire des lois à sa mode,
Cela se peut facilement ;
Mais de nous charmer les oreilles
Par sa *merveille des merveilles,*
Cela ne se peut nullement.

Ce refrain de Berthelot était parodié sur une chanson où Malherbe appelait Mme de Bellegarde *merveille des merveilles.*

Nous avons dit que nulle part on n'avait fait autant de chansons qu'en France ; il faut ajouter que jamais en France on n'a chansonné les personnes et les choses autant que sous le règne de Louis XIV. C'étaient, selon l'expression de Chateaubriand, *les libertés du temps.* Mieux eût valu *la Liberté* que toutes *ces libertés !*

Mazarin gouvernait l'Etat. Créature de Richelieu, il avait dû se faire accepter de la Régente, comme ministre et peut-être à un autre titre. Richelieu, dit-on, avait trouvé sa force dans la raison de Louis XIII, Mazarin dut chercher la sienne dans le cœur d'Anne d'Autriche... Pendant les longues conférences qu'il avait avec sa souveraine, il est probable qu'il ne manquait pas de faire ce que la duchesse de Chevreuse conseillait comme un bon moyen d'intéresser Sa Majesté, c'était d'attacher sur ses belles mains, dont elle était vaine, des yeux distraits et rêveurs. Il s'inquiétait assez peu de ce que l'on pouvait penser et dire, pourvu qu'il fît montre de son ardeur ; il n'y regardait pas de plus près qu'un page. Un jour, il s'élança galamment par dessus la portière du carrosse de la reine, le laquais s'étant fait attendre pour l'ouvrir, ce qui donna lieu à cette chanson :

Devant la reine, Mazarin
A fait une *trivelinade*;
Il a sauté, comme Arlequin,
Devant la reine, Mazarin (1).

Son origine, le pillage scandaleux des deniers publics, pour lui et pour les siens, l'avaient rendu odieux. La Fronde éclata...... Des barricades s'élevèrent dans Paris; la Chanson entonna cet étrange *alleluia :*

Ce fut une étrange rumeur
Lorsque Paris tout en fureur
S'émut et se barricada,
Alleluia !

Sur deux heures après-dîné,
Dedans la rue Saint-Honoré,
Toutes les vitres l'on cassa,
Alleluia !

. . . .
. . . .

Si les bourgeois eussent voulu,
Le cardinal était perdu;
Mais son bonnet on respecta,
Alleluia !

Mazarin fut alors assailli de sarcasmes, d'invectives, de menaces, dans des milliers de couplets, auxquels se rattachent surtout les noms de Blot et de Marigny : Blot, dont Mad. de Sévigné disait, que les chansons avaient le *diable au corps;* Marigny, le plus gai, le plus réjouissant des

(1) Am. Renée; *Les Nièces de Mazarin.*

chansonniers de la Fronde, que le Coadjuteur détachait,— c'est son expression, — contre tous ceux qu'il voulait rendre ridicules (1). Au lieu de traiter Mazarin d'*Excellence*, on l'appelait *Sa Faquinance*, et l'on chantait ainsi *ses vertus* :

Il est de Sicile natif,
Il est toujours prompt à mal faire;
Il est fourbe au superlatif,
Il est lâche, il est mercenaire;
Il n'est qu'à son bien attentif,
Si le nôtre le rend pensif,
Ce n'est que pour nous le soustraire.

On trouve encore dans le recueil de toutes les chansons contre le cardinal Mazarin :

Quatre-vingts mulets chargés d'or
Ont déjà quitté la province;
Ce méchant veut ruiner encor
L'authorité de notre prince.
. . . .
. . . .

Si dans Paris on le tenait,
On lui ferait grand fête :
Chacun son corps déchirerait,
Et les autres sa tête;
Le marquis d'Ancre n'eut été
Jamais que lui si bien traité.

A Blot, à Marigny, à Scarron, Mazarin opposait Saint-Amant et Bois-Robert. Ce dernier avait composé contre le Coadjuteur des chansons qu'il jugeait lui-même capables de le faire jeter par les fenêtres. Un jour qu'il dînait chez le cardinal de Retz, dont il était redevenu l'ami:

(1) Walckenaer; *Mémoires de Sévigné.*

—Chantez-moi vos couplets, Monsieur de Bois-Robert, lui dit son noble amphitryon. Bois-Robert s'étant levé alla sans affectation à la fenêtre et revint s'asseoir. — Eh bien? — Ma foi, Monseigneur, je n'en ferai rien, répondit le chansonnier, votre fenêtre est trop haute (1).

La guerre de la Fronde, on le sait, fut une guerre de pamphlets et de chansons, pamphlets souvent atroces, chansons qui bravent plus d'une fois l'honnêteté la plus vulgaire..... — Faisons carnage de l'autre parti, disait un pamphlétaire de ce temps, sans respecter ni les grands, ni les petits, ni les jeunes, ni les vieux, ni les hommes, ni les femmes, afin que même il n'en reste pas un seul pour en conserver le nom. La guerre civile ne s'est jamais exprimée avec plus de rage et de cruauté. Quant aux chansons, on n'en peut décemment citer qu'un petit nombre, on n'en peut donner que de courts extraits.

En 1649, lorsque Condé bloquait Paris, à la tête des troupes restées fidèles à la Cour, on chantait:

Que vous nous causez de tourment
Fâcheux Parlement!
Que vos arrests
Sont ennemis de tous nos intérests!
Le carnaval a perdu tous ses charmes;
Tout est en armes,
Et les amours
Sont effrayés par le bruit des tambours!

La guerre va chasser l'amour,
Ainsi que la Cour;
Et dans Paris
La peur bannit et les Jeux et les Ris.
Adieu le bal, adieu les promenades,
Les sérénades!
Car les amours
Sont effrayés par le bruit des tambours!

---

(1) Ch. — L. Livet; *Précieux et Précieuses.*

Mars est un fort mauvais galant,
Il est insolent;
Et la beauté
Perd tous ses traits auprès de sa fierté.
L'on ne peut pas accorder les trompettes
Et les fleurettes;
Car les amours
Sont effrayés par le bruit des tambours (1)!

Voiture, un jour, sous les ombrages de Chantilly, s'en était allé chantant *pour Mademoiselle de Bourbon endormie* :

Notre Aurore vermeille,
Sommeille;
Qu'on se taise à l'entour,
Et qu'on ne la réveille
Que pour donner le jour!

Triste réveil! Mademoiselle de Bourbon, devenue duchesse de Longueville, était l'héroïne de la Fronde. Pour n'être point soupçonnée d'entretenir des intelligences avec son frère qui faisait le siège de Paris, elle s'était donnée en ôtage à l'Hôtel-de-Ville. On fit ce couplet :

Servir pour ostage à la ville,
Croire son conseil très-utile,
Tandis que son mari nous vend;
Tous les jours estre à l'audience,
Et ne résoudre que du vent...
Honni soit-il qui mal y pense!

La Chanson répétait à tout venant la liaison de la duchesse avec La Rochefoucauld :

Si l'amour de Marsillac
Fait durer ce *miquemac*,

---

(1) *Recueil de Maurepas*; T. II, p. 43.

De longtemps la paix n'est faite,
Et bientôt cette amourette
Nous mettra tous au bossac.

Les *grands courages* se firent *beaux esprits.* Condé chansonnait ses adversaires, entre autres le comte de Maure :

C'est un tigre affamé de sang
Que ce brave comte de Maure!
Quand il combat au premier rang,
C'est un tigre affamé de sang.
Mais il n'y combat pas souvent;
C'est pourquoi Condé vit encore!

Il dut *étonner* de ce couplet *étincelant* le brave comte *qui échappoit à ses coups.*

Condé n'épargnait pas même ses amis : il ne faut pas en faire un crime à son cœur; il n'y eut là de coupable que l'*esprit*..... de la Chanson, qui a sacrifié plus d'une fois l'amitié au plaisir de lancer un trait malin. Buvant à la santé du comte de Marsin, l'un de ses meilleurs lieutenants, il improvisa sur un air alors fort à la mode cette chanson, qui n'a jamais été publiée, et qui nous semble jolie et piquante (1) :

Je bois à toi, mon cher Marsin,
Je crois que Mars est ton cousin,
    Et Bellone est ta mère.
    Je ne dis rien du père,
    Car il est incertain,
Tin, tin, trelin, tin, tin, tin.

Le Cardinal, que la Fronde et la Chanson avaient chassé deux fois du pouvoir, y revint en 1654, pour rendre à la

(1) V. Cousin; *Mad. de Longueville.*

France, dans sa politique extérieure, de grands services qu'il couronna par le *traité des Pyrénées.*

Le Cardinal et don Louis
Se trouvèrent fort ébahis
Lors de la *Conférence* ;
Ils étoient sans vin sur les lieux,
Cependant ils avoient tous deux
Plus soif qu'on ne pense;
Faute de s'en faire apporter,
Ils ne purent jamais chanter
Bon, bon, bon, que le vin est bon,
A ma soif j'en veux boire.

Alors qu'on montra le traité
A l'une et l'autre Majesté,
Comme conte l'histoire,
Quoi! dirent-ils, faire une paix,
Et qui doit durer à jamais,
Sans y parler de boire!
Il fallut pour les contenter
Dessus l'heure ces mots ajouter :
Bon, bon, bon, que le vin est bon,
A ma soif j'en veux boire.

La Chanson n'avait pas compris la grandeur de ce traité : de là, ces pauvres railleries.

Le procès de Fouquet inspira les couplets suivants :

Monsieur Hérault
Leur dit tout haut,
D'un air essoufflé, ayant chaud,
Qu'il méritait bien l'échafaud,
Ayant eu l'insolence
De faire des fontaines à Veaux,
Qui jettent en abondance
Incessamment de l'eau.

Lors un rieur,
Mais plein d'honneur,
Rèpondit a ce gros buveur
D'un ton moqueur :
Si Fouquet eût su faire
A Veaux des fontaines de vin,
Je crois que mon confrère
Ne s'en fût jamais plaint.

Le procureur
Plein de fureur,
Plus que de tendresse et d'honneur,
Contre ce bon seigneur
Conclut à la potence,
Pour sacrifier à ses dieux
Un homme d'importance
Qui vaut beaucoup mieux qu'eux.

Le Surintendant eut, dans son malheur, des amitiés plus éloquentes que celle de la Chanson; aucune ne s'exprima avec autant de hardiesse.

VIII

Sous le règne de Louis XIV, la Chanson fut partout, osa tout..... Qui aurait pu l'arrêter? Les plus dissolues circulaient avec privilége du Roi : « Notre cher et bien-aimé Hugues Guéru, dit Fléchelles, l'un de nos comédiens ordinaires, nous a fait remontrer que, ayant composé un petit livre, intitulé les *Nouvelles Chansons de Gautier-Garguille*, il désirait le mettre en lumière; mais il a craint qu'autres que lui.... ne le *contrefissent*, et n'*ajoutassent* quelques chansons *plus dissolues que les siennes*..... (1) » Celles-là purent bien pénétrer jusque dans l'antichambre du Grand

(1) Taschereau; *Vie de Molière.*

Roi, où Molière nous dit (*Impromptu de Versailles*) que les marquis arrivaient « grondant une petite chanson entre leurs dents, *la*, *la*, *la*, *la*; » mais certainement, elles ne franchirent jamais le seuil décent de l'Hôtel de Rambouillet.

C'est là qu'on avait vu venir un jour Mademoiselle Paulet, au milieu d'une réunion nombreuse, déguisée en marchande d'oublies. Après avoir acheté tout son corbillon, on la pressa de dire la *chanson d'usage*. Elle chanta, sa voix la trahit... (1) C'est encore là que, plus tard, *précieuses* et *beaux esprits* durent bien accueillir ce couplet de l'abbé Cottin :

Iris s'est rendue à ma foi :
Qu'eut-elle fait pour sa défense ?
Nous n'étions que nous trois, elle, l'Amour et moi,
Et l'Amour fut d'intelligence.

La Chanson eut un séjour de prédilection dans cette fameuse demeure du *Temple*, où se réunissaient les Vendôme, les Chaulieu, les La Fare, le duc de Nevers. Autour d'une table où l'on servait les plus délicieux soupers, la muse de ces poètes viveurs se mettait à l'aise : *je vous laisse à penser la vie que faisaient ces quatre amis;* je vous laisse à penser aussi ce qu'ils pouvaient chanter. — On chantait dans les sociétés galantes et spirituelles, chez Marion Delorme, chez Ninon de Lenclos, où se donnaient rendez-vous les grands seigneurs, et les beaux esprits. Scarron y apportait son enjouement et sa malice, Bachaumont sa verve et son entrain, Chapelle ses saillies (2). Ce dernier fut exclu pour son ivrognerie de la société de Mlle de Lenclos : il jura que, pendant un mois, il ne se coucherait pas sans être ivre et sans avoir fait une chanson contre Ninon (3); il tint parole. On faisait souvent chez Scarron des régals entre gens de

(1) Ch. — L. Livet ; *Précieux et Précieuses.*

(2) Th. Gautier ; *Les Grotesques.*

(3) Chateaubriand; *Vie de Rancé.*

la meilleure compagnie ; le vin y était bon, la chère délicate, et la conversation des plus enjouées (1). Ravagé par la *maladie*, le poète burlesque n'avait conservé qu'un estomac à toute épreuve ; aussi chantait-il :

Cher ami, tu m'y fais songer :
Chacun fait des chansons à boire,
Et moi, qui n'ai plus rien de bon que la mâchoire,
Je n'en veux faire qu'à manger.

Quand on se gorge d'un potage,
Succulent comme un consommé,
Si notre corps en est charmé
Notre âme l'est bien davantage.
Aussi Satan, le faux glouton,
Pour tenter la femme première,
N'alla pas lui montrer du vin ou de la bière,
Mais de quoi faire aller l' menton.

Quatre fois l'homme de courage
En un jour peut manger son saoul ;
Le trop boire peut faire un fou
De la personne la plus sage...
A-t-on vidé mille tonneaux ?
On n'a bu que la même chose,
Au lieu qu'en un repas on peut doubler la dose
De mille différents morceaux.

Avec la chanson de *Maître Adam*, le menuisier de Nevers, qui préférait le boire au manger, on répondait à Scarron :

Aussitôt que la lumière
A redoré nos coteaux,
Je commence ma carrière
Par visiter mes tonneaux.
Ravi de revoir l'aurore,
Le verre en main je lui dis :
Vois-tu sur la rive more
Plus qu'à mon nez de rubis ?

(1) Am. Renée ; *Les Nièces de Mazarin.*

Le plus grand roi de la terre,
Quand je suis dans un repas,
S'il me déclarait la guerre,
Ne m'épouvanterait pas
A table rien ne m'étonne;
Et je pense, quand je boi,
Si là-haut Jupiter tonne,
Que c'est qu'il a peur de moi.

De marbre, ni de porphyre,
Qu'on ne fasse mon tombeau;
Pour cercueil je ne désire
Que le contour d'un tonneau,
Et veux qu'on peigne ma trogne
Avec ces vers à l'entour:
« Ci-gît le plus grand ivrogne,
Que jamais ait vu le jour. »

Il est curieux de comparer cette chanson avec celle de Maynard, que nous avons citée plus haut. Ce rapprochement n'a jamais été fait, que nous sachions. Maynard aurait-il inspiré *Maître Adam?* Les deux derniers couplets, dans l'une et dans l'autre, roulent à peu près sur les mêmes idées; mais le menuisier de Nevers a plus de force et d'ampleur que Maynard. L'imitation, s'il en a fait, ne l'a pas empêché d'être original.

On chantait aussi dans l'aimable réunion qu'on appelait l'*Ordre des Coteaux*, composée du Commandeur de Souvré, du comte d'Olonne, du marquis de Bois-Dauphin et de Saint-Evremond. Ces raffinés de la table, dit un de leurs convives, M. de Lavardin, évêque du Mans, ne mangeaient que du veau de rivière; leurs perdrix venaient de l'Auvergne, et leurs lapins de la Roche-Guyon ou de Versine; ils n'étaient pas moins difficiles sur le fruit; et pour le vin, ils n'en savaient boire que des Trois Coteaux (de là, le nom de leur *ordre*), de Hautvilliers, d'Aï et d'Avenay.

Chansons! dit-on, lorsqu'on ne prend pas au sérieux

certaines paroles. C'est probablement ce que l'on dit à Saint-Evremond, profès dans l'Ordre des Coteaux, lorsqu'il chanta son couplet :

Il faut pour votre honneur, Silvie,
Mettre fin à tant de langueurs ;
Défendre si longtemps ma vie
Est une honte à vos rigueurs :
Je vais mourir, et dans le mal extrême
Où je ne veux et ne puis résister,
J'ai moins de peine à me quitter
Qu'à quitter l'ingrate que j'aime.

Chansons! Il ne mourut que *plus tard*..... Nous lisons dans une de ses lettres : « — A *quatre-vingt-huit ans*, je mange des huîtres, tous les matins, je dîne bien, je ne soupe pas mal : on fait des héros pour un moindre mérite que le mien. »

IX

Molière fit un grand honneur à la Chanson ; il l'éleva jusqu'à la hauteur de son théâtre. De qui est celle qu'il a immortalisée en la plaçant dans son chef-d'œuvre le *Misanthrope ?*

Si le roi m'avoit donné
Paris, sa grand ville,
Et qu'il me fallût quitter
L'amour de ma mie (1),
Je dirois au roi Henri :
Reprenez votre Paris ;
J'aime mieux ma mie
O gué !
J'aime mieux ma mie.

(1) *Ma mie*, et plus bas *sa mie*, par corruption pour *m'amie, s'amie.*

On trouve dans les *Mémoires secrets*, t. IX : « *Le roi berger* (pièce de théâtre) n'est autre chose que le commentaire de *la fameuse chanson de Henri IV* qui préférait sa mie à Paris, sa grand ville. » — Beaumarchais, dans le *Mariage de Figaro*, fait dire par l'alerte fiancé de Suzanne que ce refrain qu'il fredonne vient de « la chanson du bon roi ; » Collé, au IIIe acte de *la Partie de Chasse*, la fait chanter devant Henri IV par le jeune Richard, qui prétend l'avoir faite (1). D'un autre côté, M. Léon Feugère (*Morceaux classiques*) s'exprime ainsi : — On ignore quel est l'auteur de ce couplet naïf; c'est en quelque sorte une production anonyme de l'esprit populaire. » Enfin, M. Ampère, s'autorisant de l'*Histoire archéologique du Vendômois* par M. de Pétigny, prétend dans ses *Instructions relatives aux poésies populaires de la France*, que la chanson favorite d'Alceste est l'œuvre du père même de Henri IV : « — Cette vieille chanson, dit-il, aurait été composée par Antoine de Navarre, duc de Vendôme, qui réunissait de gais convives au château de la Bonnaventure, près le Gué-du-Loir, et se plaisait à y composer avec eux de joyeuses chansons. Le refrain, qui fait allusion à la position du manoir, doit donc être orthographié *au gué*, et non *ô gué!* comme cela a eu lieu dans la suite par corruption.... »

Nous serions complètement séduit par cette ingénieuse explication; mais il nous semble qu'il y a plutôt dans ce refrain une très-vieille expression populaire de la joie, d'où l'on a fait, avec une meilleure orthographe : — *Gai, gai, marions-nous! gai, gai, la farira dondaine, gai, gai, la farira dondé!*

Revenons à Molière. Il nous a laissé une charmante chan-

(1) Edouard Fournier; *L'esprit des autres.*

son ; c'est Sganarelle qui la chante dans le *Médecin malgré lui*, act. 1, sc. 6 :

Qu'ils sont doux
Bouteille jolie,
Qu'ils sont doux
Vos petits glougloux !
Mais mon sort ferait bien des jaloux
Si vous étiez toujours remplie ;
Ah ! bouteille ma mie,
Pourquoi vous videz-vous !

Vantée, caressée par l'auteur du *Misanthrope*, la Chanson fut aussi très-bien accueillie chez le rigide Boileau ! Non content d'avoir écrit sur elle les vers gracieux que vous savez, il la présenta à des *Sages ;* il la fit asseoir à table entre le vertueux Lamoignon et l'austère Bourdaloue :

Que Baville me semble aimable,
Quand des magistrats le plus grand
Permet que Bacchus à sa table
Soit notre premier président.

Si Bourdaloue un peu sévère
Nous dit : — Craignez la volupté
— Escobar, lui dit-on, mon père,
Nous la permet pour la santé.

Contre ce docteur authentique,
Si du jeûne il prend l'intérêt,
Bacchus le déclare hérétique,
Et janséniste, qui pis est.

Après avoir entendu cette chanson, Chapelle s'imaginant

qu'il avait *converti* Boileau au culte de Bacchus (1), lui adressa le couplet suivant :

Qu'avecque plaisir du haut style
Je te vois descendre au quatrain :
Bon Dieu ! que j'épargnai de bile
Et d'injures au genre humain,
Quand, renversant ta cruche à l'huile,
Je te mis le verre à la main.

M. Taschereau (*Vie de Molière*) cite les quatre derniers vers de ce couplet de Chapelle, en disant qu'il les composa un jour qu'il avait eu la bonne fortune d'entraîner Boileau à un excès.

Nous croyons que M. Taschereau se trompe. Le couplet, tel que nous le donnons, se trouve dans le *Recueil de poésies* — J.-B.-J. Champagnac, t. II, p. 159 — avec cette indication : — COUPLET A DESPRÉAUX, *après avoir entendu sa chanson faite à Baville*, *qui commence par ce vers* :

Que Baville me semble aimable.

Et en effet, les deux premiers vers du couplet de Chapelle, que M. Taschereau a supprimés, se rapportent aux *quatrains* dont se compose la chanson de Boileau.

Il faut mêler le sévère au plaisant ; Boileau nous en fait un précepte, et nous aimons à suivre ce maître :

Que chantez-vous, petits oiseaux ?
Je vous regarde et vous écoute...
C'est Dieu qui vous a faits si beaux :
Vous le chantez sans doute.

---

(1) Chapelle avait poussé quelquefois le satirique au cabaret, et l'y avait enivré. — Taschereau ; *Vie de Molière* ; p. 90 ; — L. Racine ; *Mémoires sur la vie de J. Racine*, p. 53 ; — Saint-Marc ; *Vie de Chapelle*, p. lv.

Son nom vous anime en ces bois,
Vous n'en célébrez jamais d'autre;
Faut-il que mon ingrate voix
N'imite pas la vôtre!

Vos airs si tendres et si doux
Lui rendent tous les jours hommage!
Je le bénis bien moins que vous,
Et lui dois davantage.

Notre respect pour Boileau ne nous empêchera pas de dire que cette chanson vaut mieux que la sienne. Elle est de l'abbé Cassaigne, qui fut tant de fois maltraité par le satirique.

La reconnaissance que l'homme doit au Créateur avait inspiré l'abbé Cassaigne; la morale dicta ce couplet à Fénelon :

Iris, vous connaîtrez un jour
Le tort que vous vous faites;
Le mépris suit de près l'amour
Qu'inspirent les coquettes.
Cherchez à vous faire estimer,
Plus qu'à vous rendre aimable;
Le faux honneur de tout charmer,
Détruit le véritable.

N'y a-t-il pas là toute la douceur et toute la grâce de celui qui fut appelé plus tard le *Cygne de Cambrai*!

X

Dans ce siècle, la grande fortune ne donnait pas à elle seule la considération; les privilèges de la naissance l'emportaient sur tout, et l'on n'admettait aucune de ces compensations qui, depuis 89, résultent du mérite personnel. Aussi les financiers, simples bourgeois, malgré leurs richesses, avaient souvent à dévorer de pénibles humiliations.

dames nobles et titrées ne dansaient pas volontiers avec bourgeois; elles accordaient tout au plus cet honneur l'homme de robe, qui par sa charge commençait à sortir de la bourgeoisie (1). C'est ce que nous montre le couplet suivant :

Dépêchez vite de danser,
Nobles bourgeois, car voici La Feuillade (2),
Qui d'une œillade
Vous va terrasser.
Vous aurez beau donner le bal aux belles,
Il n'a respect ni pour vous ni pour elles.
Que vous êtes à craindre,
Messieurs les plumets (3) !
Que vous êtes à plaindre,
Messieurs du palais !
Sitôt que la noblesse
Aura fendu la presse,
Malgré tous vos écus,
Vous ne danserez plus.

Aussi la Noblesse se trouva-t-elle souvent attaquée dans les couplets du temps. Cerizay chansonna MM. de Brissac, dont le nom était *Cossé*, et qui prétendaient descendre de l'empereur *Coccéius* Nerva :

Petit Brissac, chacun baise les mains
A vos aïeux les empereurs romains,
Et pour montrer comment la chose va,
Il n'est auteur
Qui ne soit serviteur
De Coccéius Nerva.

---

(1) Monmerqué ; *Notice sur Tallemant des Réaux.*

(2) La Feuillade, depuis maréchal de France, était un type de forfanterie aristocratique.

(3) Les gentilshommes portaient seuls le *plumet* blanc au chapeau.

Votre cadet, le prince de Cossé,
Tranche le mot et franchit le fossé ;
Et pour montrer comme la chose va,
Ce damoiseau
Dit qu'il a du museau
De Coccéius Nerva.

En bonne foi, vous avez bien raison
De tant vanter votre illustre maison ;
De cette histoire on sait tout le détail,
Et comme on va
De Coccéius Nerva
Jusqu'à Rocher Portail.

François de Cossé, duc de Brissac, avait épousé la fille d'un certain Gilles Ruelland, qui de simple voiturier était devenu riche et puissant ; on l'appela plus tard Rocher Portail, du nom de la première terre qu'il acheta. Il avait donné à sa fille, M.me de Cossé, 500,000 livres (1).

A leur tour, les financiers rapaces, ceux que l'on a flétris du nom de *Maltôtiers*, étaient durement traités par la Chanson; elle relevait leurs méfaits et les ridicules prétentions de leur sottise; elle exprimait la haine publique dont ils étaient l'objet :

Le bien est chez les partisans,
Et chez le peuple l'indigence.
Tous Français en sont déplaisants :
Le bien est chez les partisans.

Par un équitable revers,
Leur fortune sera changée ;
Et nous le verrons à leurs airs,
Par un équitable revers.

---

(1) Tallemant des Réaux.

Tous ces beaux palais enchantés,
Bâtis de vol et de rapines,
Ils ne seront plus habités,
Tous ces beaux palais enchantés.

Plus nobles que les courtisans,
Ces coquins vantent leurs ancêtres,
Ces gros messieurs nés paysans
Parmi les sabots et les guêtres.

Quand on les renverrait tout nus,
Ce n'est pas leur faire injustice;
Ils sont de la sorte venus....
C'est pour eux le moindre supplice.

Molière, en se moquant des médecins, les avait désignés aux traits de la Chanson :

Qu'en public plus qu'un autre un médecin éclate,
Quand il sait mieux citer Galien, Hippocrate,
Je le crois bien;
Mais qu'il soit dans son art plus expert, plus habile,
Si de deuil, plus qu'un autre, il n'a rempli la ville,
Je n'en crois rien.

Qu'on ne s'étonne point de ce langage de la Chanson contre les médecins. Ils étaient plus maltraités encore par le Sermon. Le père Séraphin, prêchant devant le roi, le premier médecin présent, et se demandant à soi-même si Dieu n'a pas en ce monde des exécuteurs de sa justice : — « Qui en doute, s'écria-t-il, et qui sont ces exécuteurs ? Ce sont les médecins qui, par leurs ordonnances données à tort et à travers, tuent la plupart des gens (1). »

Les couplets poursuivirent aussi de leurs railleries les

(1) Le Magasin de Librairie; *Mémoires de Louis Le Gendre*, abbé de Clairfontaine.

modes ridicules. Les dames avaient inventé les *mouches*, les jeunes gens la *poudre*, et la Chanson disait :

Dieu que la *mouche* a d'efficace !
Que cet animal est charmant !
Le plus parfait ajustement
Sans elle n'aurait point de grâce.
Si vous n'avez *mouche* sur nez,
Adieu galants, adieu fleurettes;
Si vous n'avez *mouche* sur nez,
Adieu galants *enfarinés*.

. . . .

Enfarinez bien votre tête,
Et les collets de vos manteaux,
Vous en serez cent fois plus beaux,
Et ferez bien plus de conquêtes.

La Chanson eut parfois l'indiscrétion de la soubrette que les reproches de sa maîtresse ont mise en mauvaise humeur :

Qu'on voie ici sur le beau teint des belles,
Briller l'éclat de mille fleurs nouvelles.
Je le crois bien ;
Mais que souvent et leurs lis et leurs roses
Ne soient des fleurs sous la toilette écloses,
Je n'en crois rien.

XI

Aux couplets sur les choses les plus futiles, succédaient des couplets sur les sujets les plus graves. La Chanson se mêla aux débats où se mesurèrent Bossuet et Fénélon. Elle se mit du côté des mystiques. On doit lui reprocher d'avoir été sans respect pour le caractère et le génie de Bossuet :

Meaux est un très-grand esprit
Et tout plein de littérature;
Mais quand on le contredit,
Turlure,
Il a l'âme un peu dure,
Robin turlure.

Si quelquefois il dit vrai,
Il se peut par aventure;
Mais il ne veut de Cambrai,
Turlure,
Que voir la déconfiture,
Robin turlure.

Il a fait en vrai tyran,
A la Guyon une injure,
Disant que depuis longtemps,
Turlure,
Elle est bien loin d'être pure,
Robin turlure.

Aimer Dieu sans intérêt,
C'est pécher contre nature.
La charité lui déplaît,
Turlure,
Tant sa flamme est toute pure,
Robin turlure (1).

Il y avait alors une autre querelle non moins fameuse, celle des Jansénistes et des Jésuites..... La trop rude mo-

(1) G. Brunet; *Le Nouveau Siècle de Louis XIV.*

rale des uns, les accommodements auxquels les autres se prêtaient, servirent de matière à de nombreux couplets....

Bourru janséniste,
Va pâlir d'effroi,
Notre moliniste
L'entend mieux que toi;
. . . .
. . . .
. . . .

Cet homme commode
Mène droit au ciel,
Et dans sa méthode
Tout est sucre et miel;
Il rit des scrupules
Et contre eux il a conclu :
Lanturlu, lanturlu, lanturlu.

Il n'est point sévère
A ses chers enfants;
Sans tant de mystère
Il sauve les gens;
Il mène à la gloire,
Tout chaussé et vêtu :
Lanturlu, lanturlu, lanturlu.

Ce n'est pas tout : aux médisances sur le présent, la Chanson ajouta une railleuse prédiction :

Le bon Moline, avec sa bande noire,
Est pour jamais dans la confusion;
Leurs noms seront écrits dedans l'histoire,
Et l'on fera sur eux une chanson (1) :
Ton, relontonton, tontaine, la tontaine.
Ton, relontonton, tontaine, la tonton.

---

(1) La prédiction s'est accomplie :
Hommes noirs d'où sortez-vous?
BÉRANGER.

Avec ses allures si libres, avec ses propos si peu retenus, la Chanson eut l'impertinence de pénétrer dans les couvents ; elle eut la témérité de visiter la *Trappe*, que réformait alors le saint abbé de Rancé. Elle revint, la folle, de ce séjour de mort anticipée, en disant, — c'est Chateaubriand qui nous l'a rappelé :

Je suis revenu de la Trappe,
Cette maudite trappe à fou...
. . . .

Passons le reste...., c'est abominable ! Qu'allait-elle faire au couvent ? Elle y accompagna la belle et vertueuse demoiselle Marthe du Vigean :

Lorsque Vigean quitta la cour,
Les Jeux, les Grâces, les Amours
Entrèrent dans le monastère,
Laire, la laire, lan lère,
Laire, la laire, lan là.

Les Jeux pleurèrent ce jour là ;
Ce jour la Beauté se voila,
Et fit vœu d'être solitaire,
Laire, la laire, lan lère,
Laire, la laire, lan là.

Un autre jour, la Chanson rencontra au couvent deux charmantes créatures, qu'on y avait enfermées pour avoir un peu trop fait parler d'elles : c'étaient Hortense Mancini, nièce de Mazarin, et Sidonie de Lenoncour, l'aimable et spirituelle marquise de Courcelles, qui disait dans le cours d'un procès qu'elle soutenait contre son mari : — « Je ne crains rien, puisque ce sont des hommes qui sont mes juges. »

Ces dames d'humeur fort joyeuse, malgré leur infortune, plurent beaucoup à la Chanson ; elle prit leur défense :

Mazarin et Courcelles
Sont dedans un couvent ;
Mais elles sont trop belles
Pour y rester longtemps.
Si l'on ne les en tire,
On ne verra plus rire
De dame assurément.

Pour comble d'audace enfin, elle franchit les degrés du temple et s'avança, le front levé, jusqu'au sanctuaire.

Que le clergé, chaque jour, à la messe,
Autour du roi dévotement s'empresse ;
Je le crois bien :
Mais qu'il ne songe au bénéfice
Autant ou plus qu'au sacrifice,
Je n'en crois rien (1).

Oh ! alors, que de voix s'élevèrent contre elle ! On dut lui dire avec la sainte fureur de Joad dans *Athalie :*

......Sors de ce lieu redoutable,
D'où te bannit ton sexe et ton impiété !

Elle s'établit sur le *Pont-Neuf*. Là s'arrêtaient de nombreux passants pour entendre les couplets qui ont tiré leur nom du lieu où ils étaient chantés. On y aimait surtout les airs de Lulli, et les « chansons récréatives » de Philippot. Ce dernier disait : — « Je suis un enfant des Muses, des plus célèbres et des plus chéris, poète et chantre fameux, mais un chantre doué d'un organe si puissant et d'une voix si éclatante et si forte, que, pourveu que j'aye pris seule-

(1) Regnier Desmarais.

... deux doigts d'eau-de-vie, si je chantois sur le quay des Augustins, le roi m'entendroit des fenestres de son Louvre..... Je m'appelle Philippot, autrement le Savoyard, et si vous passez jamais sur le Pont-Neuf, c'est sur les degrez de ce Pont que vous verrez mon Parnasse ; le cheval de bronze est mon Pégaze, et la Samaritaine (1), la fontaine de mon Hélicon...., » et il chantait :

Je suis ce fameux Savoyard
Qui, par l'adresse de mon art,
Surmonte la mélancolie :
Je ne suis jamais si content
Qu'alors qu'en bonne compagnie
Je trouve à bien passer mon temps.

S'il faut en croire Philippot, les chansons d'alors, les siennes exceptées sans doute, ne valaient point celles d'autrefois. — « En ce temps là, disait-il à Dassoucy, les poètes faisaient les paroles de leurs airs plus tendres, plus passionnées et plus naturelles, pour ce qu'ils estoient plus amys de la nature que la pluspart des nostres, qui en ont chassé la passion pour y introduire les pointes, si bien qu'aujourd'huy (1653) on n'entend presque plus chanter que des épigrammes.

Outre cela, je vous diray que les airs de ces doctes Amphions (2) estoient si doux, si finis et si achevez que la beauté du chant excusoit auprès du peuple la force peu entendue des paroles ; mais, depuis la mort de ces grands génies, il n'en est presque plus de mention, et, sans un

(1) « La Samaritaine était placée sous la seconde arche du Pont-Neuf, du côté du quai de l'Ecole. Ce bâtiment hydraulique, chargé d'alimenter les fontaines des Tuileries, avait tiré son nom du sujet légendaire dont sa façade était décorée : la Samaritaine versant de l'eau à Jésus-Christ. »

(2) Pierre Guedron, Antoine Boesset, musiciens célèbres sous Louis XIII.

certain *Ultramontin* (Lulli) que le ciel pitoyable, pour le salut de nos oreilles, nous a fait ici tomber des nuës, et qui, par ses chants enjouez, vient de temps en temps, rafraîchir nostre pauvre Parnasse, la Samaritaine seroit bien ennuyée et Sa Majesté de Bronze bien mal à cheval.

C'est pourquoy ne trouvant aujourd'huy quasi plus de chants qui soient dignes de nos paroles, ny de paroles qui soient dignes de nos chants, nous aimons mieux avoir recours aux vieilles productions, comme : — *Appelez Robinette*, ou *Birène, mon amy*, qu'à leurs misérables chansons ou plutost à leurs misérables motets, où il n'y a ny mouvement, ny passion, ny expression, et qui, bien qu'elles ne parlent quasi que de tendre et de tendresse, sont si aigres et si dures, qu'ainsi qu'on sucre les médecines pour les faire avaler, s'ils ne les sucroient pas par les fleurettes de leur méthode de chanter, on ne les pourroit pas supporter (1). »

XII

La Chanson intervint aussi dans les querelles littéraires de ce temps. Personne n'ignore que, lorsque Racine eut donné au théâtre la tragédie de *Phèdre*, des malveillants, qui furent des sots dans cette circonstance, préférèrent à cette belle pièce la *Phèdre* de Pradon. La Chanson, se fourvoyant à la suite d'une cabale insensée, attaqua Boileau, le défenseur de Racine, et calomnia tous les bons

---

(1) Dassoucy; *Avent. burl.*; Edit. Em. Colombey.

rits de l'Académie qu'indignait le succès obtenu par une platitude littéraire sur un chef-d'œuvre dramatique :

> Taisez-vous, Boileau le critique,
> On fait pour votre hiver grand amas de fagots;
> Craignez qu'on ne vous applique
> Cent coups de bâton sur le dos;
> Fuyez, fuyez ce bois même dans la froidure,
> Toute l'Académie en corps vous en conjure.

Corneille et Racine régnaient sur la scène..... Les uns préféraient l'auteur du *Cid*, les autres mettaient au-dessus de lui l'auteur d'*Andromaque*...... On reprochait à Racine de se croire supérieur à Corneille ; ces couplets le disent trop malignement :

> Ta vanité me chagrine :
> Loin d'être friand d'honneur,
> La dévotion, Racine,
> Veut qu'on soit humble de cœur.
> — Je ne saurois.
> — Fais-en du moins quelque mine.
> — J'en mourrois.
>
> Suis ce que je te conseille :
> Sans t'en vouloir prendre au roi,
> Souffre que le grand Corneille
> Soit mis au-dessus de toi.
> — Je ne saurois.
> — Qu'il soit en place pareille.
> — J'en mourrois.

Mais tels n'étaient pas les sentiments de Racine ? En 1673, lorsqu'il devint membre de l'Académie Française, il disait dans son discours, en parlant de Pierre Corneille : — « La France se souviendra avec plaisir que, sous le règne du plus grand de ses rois, a fleuri *le plus grand de ses poètes*. »

La Bruyère, dans son livre des *Caractères*, avait tourné

en ridicule un grand nombre de personnages. On se vengea par des couplets..... En voici qui circulèrent dans Paris, aussitôt après la réception de La Bruyère à l'Académie :

Les quarante beaux esprits
Sont tombés dans le mépris;
Ils n'avaient plus Furetière,
Ils ont pris La Bruyère,
Lampon, Lampon, La Bruyère, Lampon!

Par des portraits ressemblants,
Ils seront en beaux draps blancs;
Chacun aura son affaire,
On ne les respecte guère;
Lampon, Lampon, La Bruyère, Lampon!

La Bruyère l'a promis :
Il mordra ses ennemis...
Mais chacun lui fait la guerre;
Mordra-t-il toute la terre?..
Lampon, Lampon, La Bruyère, Lampon!

Le bon La Fontaine même ne fut pas épargné par la Chanson. Il venait de composer son opéra d'*Astrée*. Colasse, un des meilleurs élèves de Lulli (1), en avait fait la musique. Avant que la pièce eût paru sur la scène, on chantait au mépris de la plus vulgaire loyauté :

Ah! que j'aime La Fontaine
D'avoir fait un opéra!
Je verrai finir ma peine
Aussitôt qu'on le jouera.

---

(1) Walckenaer; *Vie de La Fontaine*.

Par l'avis d'un fin critique,
Je m'en vais lever boutique
Pour y vendre des sifflets...
Je serais riche à jamais !

. . . .

. . . .

. . . . . L'on a choisi Colasse,
Pour y composer des airs
Aussi méchants que les vers.

Astrée ne fut représenté que six fois. La Chanson en conçut une joie qu'elle exprima par des jeux de mots :

On ne peut trop plaindre la peine
De l'infortuné Céladon,
Qui, sortant des eaux du Lignon,
Vint se noyer en La Fontaine.

Attaquant ensuite les musiciens et les poètes contemporains, elle disait :

Sur les bords fameux de la Seine,
On voit paraître sur la scène
Maints opéras tous de travers;
Si l'on en croit la voix publique,
Les musiciens ont fait les vers,
Et les poètes, la musique.

Nous sommes tenté de croire qu'en aiguisant cette épigramme, la Chanson cédait un peu au mauvais sentiment qu'on appelle *jalousie de métier*.

XIII

On vient de le voir : la Chanson s'en prit à toutes les grandeurs de cette époque, à la Noblesse, à l'Éloquence, à la Piété, à la Gloire littéraire, à la Richesse. On croit peut-être qu'elle garda le silence à l'égard du Prince qui tenait toutes ces grandeurs au pied de son trône. Qu'on se détrompe..... Louis XIV fut chansonné.

Il y eut d'abord quelques ménagements dans les couplets : ils parlèrent avec une certaine réserve de la politique du monarque, et des choix qu'il faisait pour les hautes fonctions :

Quand on vient à parler du beau temps, de la pluie,
Quoique ordinairement la matière m'ennuie,
J'en demeure d'accord.
Mais quand on politique un peu trop à son aise,
Quoique ordinairement la matière me plaise,
Je me tais, ai-je tort ?

Parle-t-on des talents qu'une charge demande,
Et dit-on qu'il en faut d'autant plus qu'elle est grande,
J'en demeure d'accord.
Vient-on à discuter, comme on fait d'ordinaire,
Si celui qui la fait a de quoi la bien faire,
Je me tais, ai-je tort ?

Mais ensuite, la cour de Louis XIV, ses fils, ses ministres, ses généraux, ses maîtresses, M.me de Maintenon, les confesseurs du roi..... furent en butte aux traits les plus acérés de la Chanson :

O messager fidèle !
Qui reviens de la cour,
Apprends-nous pour nouvelle
Ce qu'on fait chaque jour ?

— Plusieurs à l'ordinaire
Passent là mal leur temps;
Les gens du ministère
Y sont les plus contents.

. . . .

A la cour, quel malheur,
Grand Dieu, quelle infortune!
De six filles d'honneur
Il n'en reste pas une;
Zon, zon, zon, Lisette, ma Lisette,
Zon, zon, zon, Lisette, ma Lison.

. . . .

Que ce crayon-là vous suffise,
Je ne dis rien de nos seigneurs;
D'un mot je les caractérise :
Ce sont gens sans esprit ni mœurs.

. . . .

Voulez-vous éviter, grand roi,
Mille accidents sinistres?
A la réserve de Louvois,
Chassez tous vos ministres;
Vous ne pourriez en avoir pis
Quand ils auraient été choisis
Par Jean de Vert.

. . . .

Où diable prenez-vous, Louis,
Des généraux de cette taille?
Tous leurs faits vraiment inouis
Les distinguent dans les batailles;
L'on voit en eux l'échantillon
De la vertu du cotillon.

. . . .

Mais j'oubliais de vous parler
De votre malheureuse *Armide*.
Ah! qu'elle a su vous ravaler!
Voyez comment elle vous guide;
Jadis grand, aujourd'hui petit,
Voilà de vous ce que l'on dit.

. . . .

Le Tellier, ce grand casuiste,
De son devancier suit la piste
Et ne s'en écarte sur rien ;
Il permet qu'on soit calviniste,
Anabaptiste, luthérien,
Mais point de grâce au janséniste (1).

Toute la famille royale figure dans ce couplet qui se termine par un conseil *révolutionnaire :*

Le grand-père est un fanfaron,
Le fils un imbécille,
Le petit-fils un grand poltron,
Oh! la belle famille!

Que je vous plains, pauvres François,
Soumis à cet empire!
Faites comme ont fait les Anglois :
C'est assez vous en dire.

Veut-on savoir pourquoi les protestants ne trouvèrent point grâce devant Louis XIV? Cette chanson nous l'apprend, en nous donnant une interprétation fort curieuse de la tragédie d'*Esther* :

Sous le nom d'*Aman* le cruel,
Louvois est peint au naturel;

---

(1) G. Brunet; *Le Nouv. Siéc. de Louis XIV* (passim).

Et de *Vasty* la décadence
Nous retrace un tableau vivant
De ce qu'a vu la cour en France
A la chûte de *Montespan*.

La persécution des *Juifs*,
De nos *Huguenots* fugitifs
Est une vive ressemblance,
Et l'*Esther* qui règne aujourd'hui
Descend des rois dont la puissance
Fut leur asile et leur appui.

Mais pourquoi, comme *Assuérus*,
Le *roi* si comblé de vertus
N'a-t-il pas calmé sa colère?
Je vais vous le dire en deux mots :
Les Juifs n'eurent jamais affaire
A *Jésuites* ni à *Dévots*.

Ainsi Louis XIV, qui avait dit si orgueilleusement :—*L'Etat, c'est moi;* qui avait fait fléchir sous son autorité despotique la Noblesse, le Clergé, les Parlements, Louis XIV dut subir le fouet de la Chanson, comme il dut écouter les leçons que l'éloquence sacrée lui donnait du haut de la chaire. Il ne faut certes pas comparer deux choses si différentes; constatons seulement deux faits analogues : c'est qu'il y a deux puissances avec lesquelles les rois doivent compter, si absolus qu'ils soient, — la puissance qui vient de Dieu, et celle qui vient du peuple. La Chanson était alors la seule manifestation que pût se permettre l'opinion publique. Il faut le dire : elle fut souvent grossière et brutale ; non contente d'insulter à la pudeur, elle outragea plus d'une fois le goût et la langue.

C'était la faute des institutions du temps. La presse satirique de nos dernières années, même dans ses plus grands écarts, fut chaste, réservée, polie, auprès de la plupart des chansons du XVIIe siècle. Cette réserve relative fut un bienfait de la *Liberté*. Lorsque le droit de publier sa pensée s'exerce régulièrement sous le contrôle de la loi, la médisance elle-même s'impose des limites, tandis que dans les écrits clandestins la calomnie n'en reconnaît pas. La vie privée n'a pas de mystères pour eux, et ils dévoilent ou inventent sans scrupule les scandales les plus honteux (1).

C'est dans ce temps de scandaleux excès que parurent des chansons infâmes contre La Motte, Crébillon et Saurin. Accusé de les avoir faites, J.-B. Rousseau fut traduit en justice. Vainement il protesta qu'il n'en était point l'auteur : un arrêt du parlement le bannit du royaume.

Louis XIV mourut en 1715; il ne fut nullement regretté. L'histoire et la Chanson s'accordent sur ce point. On rima sur les derniers moments du monarque des couplets qui eurent une grande vogue, malgré leur inconvenance:

Il se tourne vers le dauphin
Et lui tient ce langage :
Mignon, je vous laisse à la fin
Un charmant héritage;
Profitez-en, car il est bon,
La faridondaine, la faridondon;
Depuis la paix tout y fleurit,
A la façon Biribi,
Barbari,
Mon ami.

Ensuite il parle à son neveu,
Et lui dit ce qu'il pense :
Je meurs content, puisque sous peu
Vous aurez la régence;
Mon testament vous en fait don,
La faridondaine, la faridondon;
Mon dernier codicille aussi
A la façon de Biribi,
Barbari,
Mon ami.

---

(1) Géruzez; *Essais d'hist. littéraire.*

François, préparez-vous au deuil;
Je le vois, il expire;
Il entre enfin dans le cercueil
En héros qu'on admire.
Plongez-vous dans l'affliction,
La faridondaine, la faridondon,
A la façon de Biribi,
Barbari,
Mon ami.

Passants, ci-gît Louis le Grand,
Qui fit plus qu'Alexandre;
Quand il mourut, ce conquérant
N'avait plus rien à prendre.
Hommes, femmes, filles, garçons,
Dites *de profundis* pour lui,
A la façon de Biribi,
Barbari,
Mon ami.

Nous n'avons présenté qu'un tableau très-imparfait de la Chanson au XVIIe siècle. Nous avons dû nous taire sur un grand nombre de celles qui firent du bruit dans Paris, et où l'on trouve les noms de MM.[mes] de Montbazon, de Chevreuse, d'Olonne, de Crussol, de Mazarin, de Montespan, de Maintenon, de La Ferté, de Boislandry, d'Alluy...., et de tant d'autres, mêlés à des choses intraduisibles dans un langage honnête. « Etrange contraste ! à côté d'une littérature qui se fait comme un honneur et un devoir de n'accepter que de chastes ornements, la Chanson étale souvent des images honteuses, de cyniques crudités. » Beaucoup de ces couplets furent composés par les courtisans les plus spirituels, et répétés dans les cercles les plus brillants (1). Sans doute les chansons que nous avons en vue donnent

(1) F. Barrière; *Mém.* du comte de Brienne.

d'abord une fâcheuse idée des contemporains du Grand Roi. Il faut se tenir en garde contre cette impression : les chansonniers parlent de beaucoup de monde, mais le nombre des courtisans et des dames dont ils ne parlent point, est infiniment plus considérable (1).

XIIII

La Régence et le règne de Louis XV fournissent une abondante moisson de couplets. Mais le bon grain disparaît presque sous l'ivraie. Ce que l'on sait des mœurs relâchées, obscènes, de cette époque, fait pressentir quelles peuvent être les chansons qui en font la triste et trop fidèle peinture. Nous ne citerons que par quelques extraits celles où les impudiques personnages de ces temps honteux, le Régent, Dubois, sont ridiculisés, flagellés par la satire en couplets. On ne trouve point dans ces chansons des modèles littéraires, on y voit seulement des protestations d'*en bas* contre les opprobres d'*en haut*. Ces protestations témoignent que la corruption n'avait pas, grâce à Dieu, envahi la France entière.

La Chanson représente le Régent dans les petits-soupers où il s'enivrait, et lui fait tenir ces propos :

Ne parlons plus de politique !
Qu'importe à moi,
Qui gouverne la république,
Lorsque je boi.
A-t-on la paix, a-t-on la guerre ?
Je n'en sais rien ;
Mais j'ai ma bouteille et mon verre :
Tout ira bien !

---

(1) G. Brunet; *Le Nouveau Siècle de Louis XIV.*

[illegible] Dubois, dont les mœurs étaient si mauvaises, que [illegible] le couplet bien connu :

Monsieur l'abbé, où allez-vous?
Vous allez vous casser le cou...
. . . .

La Chanson disait du Régent :

Le ciel dans sa colère
Contre le genre humain,
Comme un fléau sur terre,
Le forma de sa main.
. . . .
. . . .

Sans aucun frein dans ses débauches, le duc d'Orléans avait quelque retenue dans les couplets qu'il faisait Il y en a un qui se termine par ces vers :

Si la vie est un passage,
Sur ce passage au moins jetons des fleurs.

Le comte de Bonneval chantera bientôt avec plus de franchise, mais avec moins de délicatesse :

Nous n'avons qu'un temps à vivre,
Amis, passons-le gaiement !

Ecoutons Dubois parvenu au poste qu'avait eu Richelieu ; ce couplet lui prête une burlesque fierté :

Je suis *du bois* dont on fait..... les cuistres,
Et cuistre je fus autrefois ;
Mais à présent je suis *du bois*
Dont on fait les ministres.

Lorsqu'il eut été appelé à l'archevêché de Cambrai; la Chanson fut indignée. Un *Noël* nous montre la cour de France à Bethléem; Dubois faisait partie du cortége royal:

Plein d'audace et de zèle,
Prélat contre les lois,
En vrai Polichinelle
Parut l'abbé Dubois;
Le bœuf s'épouvanta, l'âne effrayé recule.
Dès qu'il eût dit son nom,
Don, don,
Un chacun s'écria:
Là, là,
C'est *Dubois!* qu'on le brûle!

C'est un trait du caractère français de faire contre mauvaise fortune bon cœur. Le système financier de Law avait ruiné la France, et la France se vengeait par des chansons:

Aussitôt que Law arriva
Dans notre grande ville,
Monsieur le Régent publia
Qu'il serait fort utile
Pour rétablir la nation,
La faridondaine, la faridondon,
. . . .
Biribi,
A la façon de Barbari,
Mon ami.

Law, ce fils aîné de Satan,
Nous met tous à l'aumône;
Il nous a pris tout notre argent,
Et n'en rend à personne.
Mais le Régent humain et bon,
La faridondaine, la faridondon,
Nous rendra ce qu'on nous a pris,
Biribi,
A la façon de Barbari,
Mon ami.

Law et Dubois et le Régent
Sont bien faits l'un pour l'autre;
L'un est fripon, l'autre est méchant,
Le tiers en crapule se vautre;
Tous trois le fléau des humains;
Pauvres François, que je vous plains(1)!

Louis XV, vers le milieu de son règne, avait été appelé le *Bien-Aimé*. Faible et débauché, il se montra dans la suite tout à fait indigne de ce beau nom; la Chanson le lui enleva :

Le bien-aimé de l'almanach
N'est pas le bien-aimé de France;
Il fait tout *ab hoc et ab hac*,
Le bien-aimé de l'almanach;
Il met tout dans le même sac,
Et la justice et la finance;
Le bien-aimé de l'almanach
N'est pas le bien-aimé de France.

Le couplet dont il est resté deux vers encore si populaires :

Que Pantin serait content,
S'il avait l'art de vous plaire,
Que Pantin serait content,
S'il vous plaisait en dansant,

est un souvenir de la vogue des pantins qui fit si bien fureur vers 1747, et dont on peut lire les coûteuses folies dans l'intéressante *Histoire des Marionnettes*, par M. Ch. Magnin (2).

---

(1) G. Brunet; *Corresp. de Madame, Duchesse d'Orléans.*
(2) Ed. Fournier; *L'Esprit des autres.*

Soubise et sa honteuse défaite de Rosbach, l'expulsion des Jésuites, le maréchal de Richelieu et ses intrigues, Maupeou et son *fameux parlement* excitèrent la verve des chansonniers.

Des réformes introduites dans l'armée avaient privé plusieurs officiers de leur emploi. Ces mesures coïncidaient avec les poursuites dirigées contre les Jésuites. L'abbé de l'Attaignant, chanoine de Reims, consolait ainsi les officiers réformés :

Brave officier, bon militaire,
La réforme te désespère;
Que cela ne t'attriste pas....
Je veux que tu t'en glorifie;
Jésus est dans le même cas,
On réforme sa compagnie.

L'amabilité auprès des femmes ne fit jamais défaut au maréchal de Richelieu, mais il fut quelquefois à court d'argent pour elles. La Chanson lui reprocha un jour d'avoir engagé sa *plaque de diamants* pour subvenir aux dépenses de la Maupin :

Judas vendit Jésus-Christ,
Et s'en pendit de rage;
Richelieu, plus fin que lui,
N'a mis que le Saint-Esprit
En gage, en gage, en gage!

Voltaire, le roi du XVIIIe siècle, comme l'appelle M. Arsène Houssaye, Voltaire eut le sort de Louis XIV : la Majesté de l'esprit ne fut pas plus respectée alors par la Chanson que ne l'avait été la Majesté du pouvoir absolu

... le siècle précédent. Déjà en 1736, sa tragédie d'*Alzire* ... donné lieu aux couplets suivants :

Pour Montez
Alvarez
Est en peine :
Car son fils, fier et brutal,
Traite horriblement mal
La race Américaine.
Vers pompeux,
Deux à deux
Il débite :
D'ailleurs tout manque au sujet;
Clarté, vraisemblance, et
Conduite.

Tendre Alzire, tu déplore,
Ton triste hymen, quand Zamore
Sort d'un trou :
Mais par où?
On l'ignore.
Mis au cachot, il arma
Dans les bois mille *ma-*
Tamores.

En amour
C'est un tour
Trop précoce,
Qu'aller loin de son époux,
Courir le guilledoux
La nuit même des noces.

Mal en prend
A Gusman,
Qui pour preuve
De foi chrétienne en sa fin
Lègue à son assassin
Sa veuve.

Des critiques de ce genre faisaient dire à Voltaire : — Il est dur de ne point obtenir de ses compatriotes ce que l'on peut espérer des étrangers et de la postérité. Il est bien cruel, bien honteux pour l'esprit humain, que la littérature soit infectée de ces haines personnelles, de ces cabales, de ces intrigues, qui devraient être le partage des esclaves de la fortune. Que gagnent les auteurs en se déchirant mutuellement? Ils avilissent une profession qu'il ne tient qu'à eux de rendre respectable. Faut-il que l'art de penser, le plus beau partage des hommes, devienne une source de ridicules, et que les gens d'esprit, rendus souvent par leurs querelles le jouet des sots, soient les bouffons d'un public, dont ils devraient être les maîtres (1).

Plus tard, la Chanson prit le crayon de la caricature, et le prêta à M. de Maurepas, qui, ne pouvant pardonner à Voltaire d'avoir plus d'esprit que lui, représentait ainsi le *Patriarche de Ferney* :

. . . .
.... Sur deux flageolets il flotte,
Entouré d'une redingote
Qu'à Londre il eut à bon marché.
Son corps tout disloqué canote ;
Sa mâchoire avide grignote,
Son regard est effarouché.

Le regard de Voltaire dut briller d'une bien vive joie, lorsqu'il apprit qu'on répétait de tous côtés :

Sitôt qu'un libelle imbécille,
Croqué par quelque polisson,
Court dans les cafés de la ville ;
Fi ! dit-on, quel ennui ! quel style !
C'est du Fréron, c'est du Fréron.

---

(1) Discours préliminaires d'*Alzire*.

Ce couplet est tiré d'une *calotte :* on appelait de ce nom les satires chantées, qui étaient alors fort à la mode (1).

Nous devons passer les vers de cette époque où figurent les noms de la Desmares, de la Pélissier, des Pompadour, des Dubarry, et de mille autres de leurs pareilles. On ne saurait lire sans dégoût les couplets dont la licence reproduit les désordres qui sont, dans ce XVIIIe siècle, la souillure de notre histoire.

Les compositions de Panard et de Favart tranchent sur toutes les autres ; elles respirent la décence ; elles sont plus poétiques. La raison et la langue y sont également respectées. Le premier chantait :

Des plus beaux bijoux de l'Asie,
Pour une beauté chérie,
En charger sa tête et ses doigts,
C'est le plaisir des rois.
Voir une petite fleurette
Toucher plus le cœur de Nanette
Que perles, rubis et saphirs,
C'est le roi des plaisirs.

Avec une meute bruyante
Remplir les forêts d'épouvante,
Réduire les cerfs aux abois
C'est le plaisir des rois.
Avec une troupe choisie
Chasser à grands coups d'ambroisie
Les douleurs et les vains soupirs,
C'est le roi des plaisirs..

---

(1) Ch. Nisard; *Les Ennemis de Voltaire*.

Une mère pouvait, avec les aimables couplets de Favart, donner à sa fille un sage conseil :

Tandis que l'on admire
L'onde où le ciel se mire,
Un zéphir
Vient ternir
La surface
De la glace :
D'un souffle il confond les traits,
Détruit tous les effets;
L'éclat de tant d'objets
S'efface.

Un désir,
Un soupir,
O ma fille !
Peut ainsi troubler un cœur
Où se peint la candeur,
Où la sagesse brille.
Le repos
Sur les eaux
Peut renaître,
Mais il se perd sans retour
Dans un cœur où l'amour
Est maître (1).

Dirait-on que ces fleurs sont écloses à côté de la fange ! Elles ont un parfum délicieux que l'on respire avec plaisir.

XV

Au commencement du règne de Louis XVI, la Chanson fut aussi effrénée que jamais. On lit dans les *Mémoires secrets*, imprimés à Londres : — « D'exécrables couplets sur

---

(1) L. Castel; *Nouvelle anthologie*.

la Reine, quoique détestés par tous les bons Français, sont recherchés cependant par tous les amateurs d'anecdotes, et se répandent peu à peu. Ils sont au nombre de vingt-quatre, sur l'air, *l'air, la lère, lanlère.* Cette production d'une Furie est d'un faiseur très-exercé en ce genre. La fabrique du vers est correcte, la rime riche, et il est peu de chansons mieux faites comme pièces littéraires. Mais il serait à souhaiter que la curiosité irrésistible d'un peuple volage et frivole permît de replonger dans l'oubli dont elle est sortie, cette pièce, fruit d'un délire qui mériterait le dernier supplice..... La fureur des auteurs criminels des couplets redouble, et ils en ont publié contre la Reine de plus affreux encore, s'il est possible. M. le Lieutenant de police est aux aguets de ces abominables chansonniers. »

Ce sont là des scandales que nous ne pouvons reproduire ici. Mais nous citerons quelques couplets d'une chanson que l'on fit sur un ridicule qu'avaient alors les jolies femmes; elles avaient remis les *vapeurs* à la mode :

J'ai des vapeurs quand un galant soupire;
De déplaisir
L'amour me fait mourir :
Ne pouvez-vous languir,
Messieurs, sans me le dire?
Epargnez la fadeur,
Trève de vive ardeur;
J'ai des vapeurs quand un galant soupire.

Certain *Robin* s'en vint un jour me dire :
Dieu, que d'appas!
On n'y résiste pas;
Et puis, d'un ton plus bas :
Aimez, belle Thémire;
Un peu de volupté
Sied bien à la beauté.
J'ai des vapeurs quand un galant soupire.

Un beau *Marquis*, que tout Paris admire,
Me divertit;
Il chante, il danse, il rit,
Il pétille d'esprit,
Il folâtre, il soupire;
Quelquefois, tout à coup,
Il tombe à mes genoux.
J'ai des vapeurs quand un galant soupire.

Un *Financier*, n'allez pas en médire,
Me traite au mieux.
Ses soupers sont des dieux,
Son Champagne mousseux
En pétillant m'inspire;
Mais dès qu'il s'attendrit
Tout son feu me transit.
J'ai des vapeurs quand un galant soupire.

Les *vapeurs* ne troublaient point l'esprit des belles, au point de les empêcher de railler les magistrats, les marquis et les financiers.

En ce temps là, Mars cultivait la Muse. Le colonel de Montazet, frère de l'archevêque de Lyon, adressait des couplets aux *bergères à paniers* des salons:

Je ne veux plus aimer Annette,
Ses yeux me font trop de rivaux:
Mon âme est toujours inquiète,
Jamais mon cœur n'a de repos.
J'entrevois jusqu'en sa conquête
Bien moins de plaisirs que de maux.

. . . .

Je ne saurais quitter Annette,
Je le sens trop en ce moment;
Les torts que mon dépit lui prête,
Sont ce qu'elle a de plus charmant.
Qu'elle aime, elle sera parfaite;
Et je l'adore en attendant.

Mais tous nos soldats ne passaient pas ainsi leurs loisirs à rimer des fadaises. Il y en avait qui affilaient leur épée, pour la mettre au service de la *liberté* que Washington allait donner à l'Amérique. La Chanson les précéda sur les champs de bataille des *Insurgens.* Celle-ci, dont le refrain obscène ne souillera point nos pages, amusait beaucoup, disent les *Mémoires secrets*, et la Ville et la Cour.... *O temps! ô mœurs!*

Pour amuser notre loisir,
Sans blesser la décence,
Il est naturel de choisir
Ce que l'on aime en France :
Il faut donc sur un nouveau ton,
Comme notre musique,
Ne parler ici que
de l'Amérique.

Qu'a donc fait certain Général
Dans cette injuste guerre?
Aux *Insurgens* fort peu de mal,
Beaucoup à l'Angleterre.
Ces fiers ennemis de Boston,
De honte ou de colique,
Meurent à la porte
de l'Amérique!

Fit-on jamais en pareil cas
Plus brillante retraite?
Aussi ne le cache-t-on pas
Dans certaine gazette ;
Chacun parlant de Washington
Et de sa politique,
Trouve qu'il est digne
de l'Amérique.

Pourquoi voudrait-on abolir
Les droits de la nature?
A Londre on en sait bien jouir
Et même avec usure :
La Liberté n'est pas un don
Qu'aisément on trafique;
Laissons-en donc jouir
l'Amérique.

Pendant qu'on se battait pour la *Liberté* à Lexington, à Trenton, à Princetown, la France entière était agitée par une grande querelle. Quelle animation! Quel tumulte! De quoi s'agissait-il donc? O frivolité du caractère français! On se chargeait de sottises, on s'accablait d'injures, on mettait l'épée à la main..... à propos de musique. Gluck et Piccini étaient la cause de cette guerre, qui a été sans pareille. Singulier spectacle qu'offraient les Français, la veille du jour où la Révolution allait éclater!

Les *Piccinistes* prétendaient que, sous prétexte de subordonner le chant à la vérité de l'expression dramatique, Gluck faisait *hurler* ses personnages.

Les *Gluckistes* soutenaient que Piccini, subordonnant tout au chant, mettait sans façon un air joyeux dans la bouche d'une reine en pleurs, ou d'un héros vaincu et chargé de fers (1).

La Chanson nous montre La Harpe prenant fait et cause pour Piccini. Après la première représentation de l'*Armide*, La Harpe, rédacteur en chef du *Journal politique et littéraire*, publia un article que Gluck réfuta aussitôt. La Harpe revint à la charge avec des couplets :

Je fais, Monsieur, beaucoup de cas
De cette science infinie,
Que, malgré votre modestie,
Vous étalez avec fracas

(1) *Encyclopédie moderne*.

Sur le genre de l'harmonie
Qui convient à nos opéras.
Mais tout cela n'empêche pas
Que votre *Armide* ne m'ennuie.

. . . .

Ces vers étaient à peine publiés, que les amis de Gluck, Arnaud et Suard peut-être, firent cette *contre partie* :

J'ai toujours fait assez de cas
D'une savante symphonie,
D'où résultait une harmonie
Sans effort et sans embarras.
Quand chacun fait bien sa partie,
De ces instruments hauts et bas
L'ensemble ne me déplait pas;
Mais, ma foi, *La Harpe* m'ennuie.

. . . .

La Harpe battu se consola en chantant; il fit la chanson: *O ma tendre musette*..... Il y tenait fort, et se fâchait lorsqu'on chantait devant lui :

O ma tendre musette;
Musette *mes* amours.

— « *Mes* amours, criait-il, que chantez-vous là ? C'est *des* amours qu'il faut dire. »

Colère inutile ! La chanson est restée avec la faute d'impression. Cette chanson est le plus beau titre lyrique de La Harpe. Un jour qu'on vantait devant Delille les élans dithyrambiques du poète de *Mélanie*, l'abbé coupa court à cet enthousiasme en disant :

> De l'admiration réprimez le délire,
> Parlez de sa *musette* et non pas de sa lyre (2).

A l'époque de la querelle entre les *Piccinistes* et les *Gluckistes* fut en vogue une chanson très-ancienne, que l'on a prise pendant longtemps pour une production du XVIIe siècle, je veux parler de la chanson de *Marlboroug*. L'extrait suivant de l'une des *Notices* si savantes, si spirituelles, si bien écrites, que l'illustre Arago lisait à l'Académie des Sciences, nous fait connaître comment on s'était trompé sur l'origine de cette chanson ; on y trouve en même temps une anecdote très-curieuse qui date de l'occupation de l'Egypte par nos troupes :

« Sur la proposition de Monge, dit Arago, on chercha à conquérir les sympathies des Egyptiens par les charmes de la musique. Un orchestre nombreux, composé d'artistes très-habiles, se réunit un soir sur la place du Caire, et exécuta, en présence des dignitaires du pays et de la foule, tantôt des morceaux à instrumentation savante, tantôt des mélodies simples, suaves, tantôt enfin des marches militaires, des fanfares éclatantes.

» Soins inutiles ! Les Egyptiens, pendant ce magnifique concert, restèrent tout aussi impassibles, tout aussi immobiles que les momies de leurs catacombes. Monge s'en montrait outré. — Ces brutes, s'écria-t-il en s'adressant aux musiciens, ne sont pas dignes de la peine que vous vous donnez ; jouez-leur *Marlboroug*, c'est tout ce qu'elles méritent.

---

(2) Ed. Fournier ; *L'Esprit des autres*.

» *Marlboroug* fut joué à grand orchestre, et aussitôt des milliers de figures s'animèrent, et un frémissement de plaisir parcourut la foule ; l'on crut un moment que jeunes et vieux allaient se précipiter dans les vides de la place et danser, tant ils se montraient gais et agités. L'expérience, plusieurs fois renouvelée, donna le même résultat.

» Se passionner pour l'air de *Marlboroug*, et ne trouver comparativement qu'un vain bruit dans des morceaux de Grétry, de Mozart, c'était, disait-on universellement, montrer une inaptitude complète pour la musique. Cette conclusion, appliquée à tout un peuple, avait, psychologiquement et physiologiquement parlant, quelque chose de très-extraordinaire : aussi l'esprit pénétrant de Monge l'admettait avec peine, quoiqu'elle se présentât comme une déduction inévitable des faits.

» Aujourd'hui les faits peuvent être envisagés sous un autre jour ; aujourd'hui la prédilection des Egyptiens pour l'air de *Marlboroug* est susceptible de recevoir une explication qui n'implique nullement l'absence du sens musical chez tout homme coiffé du turban ou du fez. Cette explication est très-simple. Monge l'eût certainement adoptée.

» Il résulte d'une tradition que Chateaubriand n'a pas dédaigné de recueillir et de commenter, de la dissertation publiée récemment par M. Génin, que l'air de *Marlboroug* a une origine arabe; que la chanson elle-même appartient au moyen-âge; que, suivant toute probabilité, elle fut rapportée en Espagne et en France par les soldats de Jayme I.er d'Aragon et de Louis IX ; qu'on doit considérer cette chanson comme une espèce de légende d'un croisé obscur, nommé *Mambrou;* que la légende de *Mambrou* était, musique et parole, la chanson que M.me *Poitrine* chantait pour endormir son royal nourrisson, fils de Lous XVI, lorsque Marie-Antoinette la surprit, trouva l'air à son gré, et déclara vouloir la mettre à la mode ; qu'enfin le nom de duc de *Marlboroug*, le nom du général célèbre par la bataille de Malplaquet, ne prit la place du nom du très-modeste *Mambrou* que par une grosse bévue.

» Ces résultats d'une fine érudition une fois adoptés, les scènes de la grande place du Caire n'ont plus rien d'extraordinaire : les Egyptiens furent émus quand on leur joua *Marlboroug*, comme le sont les Suisses lorsqu'ils entendent le *Ranz des vaches.* Les souvenirs d'enfance ont le privilége de faire circuler la vie dans les natures les moins généreuses »

Génin, l'auteur de la dissertation sur laquelle s'appuie Arago, ajoute : — « C'est en 1783 que la chanson de *Marlboroug* fit explosion. *Malbrou* se trouva dans toutes les bouches, sur les éventails, sur les écrans; on en fit des tableaux, des dessus de porte. Les voitures, les habits, les perruques, tout fut à la *Malbrou*; c'était un engoûment universel. Mais tout ce monde allait à gauche, en prenant la chanson de *Malbrou* au burlesque. Le seul Beaumarchais eut le tact assez fin pour sentir que l'air est une des mélodies les plus sentimentales : aussi l'employa-t-il pour la romance que chante Chérubin aux pieds de la belle comtesse.

» Ce trait d'un homme de goût ne détrompa point le public; et la chanson de *Malbrou* est restée un type convenu de folle plaisanterie. Et pourquoi? parce qu'on y trouve le nom d'un général anglais qui battit une fois les troupes françaises. Il est clair qu'on ne pouvait chanter la mort de *Marlboroug* que pour s'en moquer. »

A la Ville, à la Cour, on répétait : — *Malbrou s'en va-t-en guerre....*; M. le chevalier de Boufflers, et tout le monde après lui se mit à chanter : — *Je vais en ambassade*, chanson peu respectueuse pour Louis XVI, qui ordonna la suppression du *Journal de Paris*, où elle avait été publiée.

La princesse Christine, sœur du comte de Lusace, venait d'être nommée à l'abbaye de Remiremont. Le roi envoya M. de Boufflers pour la complimenter. S'étant piqué de la hauteur avec laquelle la princesse l'avait reçu, il composa ces couplets, intitulés l'*Ambassade*, sur l'air : *Et j'y pris bien du plaisir :*

Enivré du brillant poste,
Que j'occupe récemment,
Dans une chaise de poste
Je me campe fièrement,
Et je vais en ambassade,
Au nom de mon Souverain,
Dire que je suis malade,
Et que Lui se porte bien.

Avec une joue enflée,
Je débarque tout honteux ;
La Princesse boursoufflée,
Au lieu d'une, en avait deux ;
Et son Altesse sauvage
Sans doute a trouvé mauvais
Que j'eusse sur mon visage
La moitié de ses attraits.

Princesse, le Roi, mon maître,
M'a pris pour ambassadeur :
Je viens vous faire connaître
Quelle est pour vous son ardeur.
. . . .
. . . .

La Princesse, à son pupitre,
Compose un remercîment;
Elle me donne une épître
Que j'emporte lestement;
Et je m'en vais dans la rue,
Fort satisfait d'ajouter
A l'honneur de l'avoir vue
Le plaisir de la quitter (1).

(1) Mémoires secrets.

Un courtisan qui oublie la déférence qu'il doit à son roi, n'est-ce pas là ce qui annonce l'abandon, où, pour aller à Coblentz, magistrats, administrateurs, officiers de terre et de mer, chevaliers, barons, comtes et marquis, laisseront bientôt Louis XVI, lorsqu'ils auraient dû se serrer plus que jamais autour de son trône ébranlé?

L'orage grondait...., et l'on chantait encore....; Calonne, trop complaisant, détruisait l'œuvre que Necker avait commencée; la Chanson saisit l'arme de l'ironie contre le ministre incapable :

Qu'on aime tant qu'on voudra
Les ballons et l'opéra;
Qu'on parle de politique,
Du fluide magnétique,
Sans s'intéresser à rien,
C'est bien, c'est bien,
On n'est pas Français pour rien;
Mais moi, qui bonnement raisonne,
J'aime *Calonne*.

Demandez au roi *Louis*,
S'il n'est pas de mon avis;
Il dira : ma bourse est pleine,
Calonne, sans soin ni peine,
Me rend riche et généreux,
Corbleu, morbleu,
Malheur à ses envieux!
Chantez le refrain que je donne :
J'aime *Calonne*.

Feu *Necker*, dans son métier,
Se croyait un grand sorcier;
Mes amis, cela peut être :
Mais *Calonne* est bien son maître,
Soit dit sans être flatteur,
D'honneur, d'honneur,
Car il est un enchanteur :
C'est le mot qu'a dit *Antoinette*,
Qu'on le répète.

Beaumarchais, par ses hardiesses et sa malice, avait soulevé contre lui de violentes animosités. On en vint à des voies de fait : une caricature du temps le représente sous le fouet d'un *Lazariste ;* à côté, et dans un fauteuil est assise une belle dame, magnifiquement vêtue, la comtesse *Almaviva*, les yeux fixés sur..... le patient, et souriant ; plus loin, et debout, est le petit page, qui lève les yeux au ciel, et semble gémir de l'infortune de son défenseur et de son maître (1).

Au lieu de s'indigner contre les auteurs d'une telle brutalité, la Chanson s'associa, en style de complainte, à la joie des sottises, des vanités et des corruptions que Beaumarchais avait dénoncées, froissées et maltraitées dans ses écrits :

Cœurs sensibles, cœurs fidèles,
Par Beaumarchais offensés,
Calmez vos frayeurs cruelles,
Les vices sont terrassés.
Cet auteur n'a plus les ailes
Qui le faisaient voltiger;
Son succès fut passager.

Le public qui toujours glose,
Dit qu'il n'est plus insolent,
Depuis qu'il reçoit sa dose
D'un vigoureux flagellant.
De cette métamorphose,
Il nous apprend le pourquoi :
Les plus forts lui font la loi.

. . . .

. . . .

(1) *Mémoires secrets.*

Quoi ! c'est vous mon pauvre père,
Dit *Figaro* ricanant,
Qu'à coups nombreux d'étrivière
On punit comme un enfant.
Cette leçon salutaire
Apprend qu'un juste retour
A chacun donne son tour.

Bridoison qui voit la fête,
En paraît très satisfait :
Ah ! dit-il branlant la tête,
Comme un sot il me peignait :
Mais, si je suis une bête,
Avec tout son esprit, ma foi,
Le voilà plus sot que moi.

Sans doute la tragédie,
Qu'il nous donne en cet instant,
Vaut mieux que la comédie
De cet auteur impudent.
On l'étrille, il peste, il crie,
Il s'agite en cent façons :
Plaignons-le par des chansons.

Cette même année, 1785, la Chanson faisait une peinture vive et fidèle de Paris. On chantait sur l'air *de la Ronde de Figaro :*

Que maintenant dans Paris,
Nos héros, nos beaux-esprits,
Forment mille compagnies,
Salons, clubs, académies,
Et que je ne sois de rien,
C'est bien,
Très-bien,
Cela ne m'étonne en rien ;
Je ne pense comme personne,
Et je chansonne.

Qu'au seul nom de *Figaro*,
J'entende crier : *bravo* !
Et que tout ce coq-à-l'âne,
Son procès et sa Susanne,
Causent un bruit général,
C'est mal,
Très-mal,
Mais cela m'est bien égal :
Je pense comme mon grand-père;
J'aime *Molière*.

Que par esprit de parti
On claque *Saint-Huberti* (1),
Qui n'a pour toute manière
Qu'une tête minaudière,
Avec un fausset discord;
C'est fort,
Très-fort;
Mais ça m'est égal encor;
Moi, je hais la voix glapissante,
J'aime qu'on chante.

Que le charlatan *Mesmer*,
Avec un autre *frater*,
Guérisse mainte femelle ;
Qu'il en tourne la cervelle.
. . . .
C'est fou,
Très-fou,
Et je n'y crois pas du tout !
Mais je pense qu'il magnétise
Par la sottise.

. . . .

---

(1) On lit dans les *Mémoires Secrets* :
« Le rôle de *Clytemnestre, d'Iphigénie en Aulide*, perd dans sa bouche la plus grande partie de son énergie, et Gluck n'est plus reconnaissable. »

Quoiqu'à dire son avis
On trouve mille ennemis,
Et qu'avec un peu d'adresse,
D'impudence et de caresse,
On jouisse d'un grand éclat,
C'est plat,
Très-plat,
Et je n'en fais nul état;
Moi, je pense qu'il faut tout dire,
Et j'aime à rire!

Mais le temps n'était pas au rire..... Il y avait des abus à réformer, des priviléges à détruire, des maux de toute sorte à guérir; la violence allait opérer la transformation sociale que la royauté ne sut pas opérer pacifiquement.

Les couplets suivants de Laclos étaient depuis longtemps répandus partout :

LE CHEVAL ET SON MAITRE

ALLÉGORIE

Sur l'air : *Il était une fille.*

Bien loin de cette ville,
Un seigneur déloyal
Eut autrefois un bon cheval,
Soumis autant qu'utile;
Sur ce point capital,
Il n'avait point d'égal.

Au lieu de reconnaître
Le service constant
Qu'il en tirait à chaque instant,
Voilà qu'un jour le maître,
Parfois un peu brutal,
Maltraita son cheval.

Piqué de l'injustice,
Le cheval se cabra,
Comme aisément on le croira.
Un beau jour il se glisse
Dans les bois, il s'en va,
Plantant son maître là.

Celui-ci plein de rage,
Avec ses gens courait,
Pour voir s'il le rattraperait,
Mais l'autre, en son langage,
Lui dit : il n'est plus temps;
J'ai pris le mors aux dents.

Le maître, dans la suite,
Eut beau le menacer,
Et puis après le caresser;
Pour toute réussite,
Il n'eut qu'un coup de pied;
Il fut estropié......

Cela nous apprend comme
C'est en le traitant mal
Qu'on perd toujours un bon cheval.
Ce trait de gentilhomme,
Qu'on a mis en français,
Est tiré de l'anglais.

En rappelant ainsi la triste fin de Charles I.er d'Angleterre, la Chanson faisait une sinistre prophétie.....

XVI

La Révolution éclata..... Il faut blâmer la Chanson d'avoir fourni de mauvaises plaisanteries aux ennemis de l'Assemblée qui devait établir les principes d'un nouvel ordre social :

Enfin les beaux jours de la France
Ont ranimé notre espérance,

Et vont apaiser tous nos maux :
Vivent les Etat-Généraux !
Le soleil ne luit pas encore;
Mais déjà la brillante aurore
S'apprête à dorer nos coteaux :
Vivent les Etats-Généraux !

. . . .

Plus de Clergé, plus de Noblesse,
Plus de Baron, plus de Duchesse,
Nous allons être tous *égaux :*
Vivent les Etats-Généraux !
Chacun gardera son hommage
Pour les vertus et le courage
Des Lameths et des Mirabeaux :
Vivent les Etats-Généraux !

. . . .

Dans Paris ainsi qu'à Bysance,
Nous végétions dans l'ignorance,
Portant des fers et des bandeaux :
Vivent les Etats-Généraux !
Mais grâce aux lois qu'on nous prépare,
Il devient chaque jour plus rare
De voir des fripons et des sots :
Vivent les Etats-Généraux !

Toutes les femmes seront belles,
Tous les époux seront fidèles,
Tous les amis francs et loyaux :
Vivent les Etats-Générax !
Les mœurs vont régner dans nos villes,
La paix dans nos districts dociles,
La vérité dans les journaux :
Vivent les Etats-généraux !

Plus de commis, plus de gabelles,
Plus de procès, ni de querelles,

Plus de misère et plus d'impôts :
Vivent les Etats-Généraux !
Chacun vivra dans l'abondance,
Chacun pourra faire bombance,
Ah ! que de poules dans les pots :
Vivent les Etats-Généraux !

. . . .

Dans Athène ou l'ancienne Rome,
Connaissait-on *les droits de l'homme ?*
Les connaît-on chez nos rivaux ?
Vivent les Etats-généraux !
Les Solons anciens et modernes
N'étaient que d'obscures lanternes
Auprès de nos mille flambeaux :
Vivent les Etats-Généraux (1) !

La France fut partagée en deux camps..... Quels excès de part et d'autre ! — Nous ne parlons que de ceux de la Chanson. — Avant qu'on entendît dans les rues la *Carmagnole*, *Ça ira*, la *Lanterne*, le parti de la Cour chantait :

Barnave, du bon *Guillotin*
Trouve l'instrument trop humain :
C'est ce qui le désole.
Par ses regrets nous jugeons tous
Qu'il doit l'éprouver avant nous ;
C'est ce qui nous console ?

Le *Journal de la Cour et de la Ville*, faisant appel à l'*Etranger*, publiait des couplets détestables :

Pour rétablir l'ordre et la paix,
Léopold, Charles et Gustave
Vont enfin punir les forfaits
De d'Orléans, Lameth, Barnave.

(1) Marquise de Créqui ; *Souvenirs.*

Il faut y croire, ah! ah! ah! ah!
Que de Jacobins l'on pendra (1)!

Des chants de cette époque, la *Marseillaise* et le *Chant du Départ* sont les seuls qui méritent de rester; « la *Marseillaise*, qui se chantait la tête nue, au milieu de l'orage, en partant pour la frontière, la *Marseillaise*, un signal de ce temps là, un défi jeté à l'Europe!.... Salut donc à la *Marseillaise* sur les champs de bataille! Oui, je la comprends et l'accepte, quand elle s'en va, un mauvais fusil à la main, et des sabots aux pieds, soulevant et domptant l'Allemagne, traversant le Rhin, éperdu et soumis, abaissant les montagnes d'Italie.... (2)! » Oublions toutes les autres chansons du même temps; puissent aussi disparaître avec elles les souvenirs sanglants qu'elles rappellent! Habituons-nous enfin à ne voir dans la Révolution que ce qu'elle a produit de durable et de grand : l'*égalité* civile, *l'indépendance* nationale, et cette *liberté* que nous avons eue, que nous aurons encore... Elle doit être « *le couronnement de l'édifice politique.* »

Aux plus mauvais jours de la Révolution, la Chanson amie du plaisir était en fuite. Elle s'arrêta un jour sur les coteaux du Jura. Brillat-Savarin se rendait à Dôle, auprès du représentant Prôt, pour en obtenir un sauf-conduit qui devait l'empêcher d'aller en prison et probablement ensuite à l'échafaud. Dans une auberge du village de Mont-Sous-Vaudrey, des inconnus admirent à leur table celui qui devait écrire, avec tant de *goût*, les savantes et délicieuses *Méditations sur la Gastronomie.* Le dîner fut bon et très-gai; on dit quelques bons contes, on chanta; le couplet suivant fut improvisé :

Qu'il est doux pour les voyageurs
De trouver d'aimables buveurs!

(1) Géruzez; *Hist. de la Litt. pend. la Révol.*
(2) J. Janin; *Litt. dramat.*

C'est une *vraie* béatitude.
Entouré d'aussi bons enfants;
Ma foi, je passerais céans
Quatre jours,
Quinze jours,
Trente jours,
Une année;
Et bénirais ma destinée!

« Si je rapporte ce couplet, ajoute Brillat-Savarin, ce n'est pas que je le croie excellent; j'en ai fait, grâce au ciel, de meilleurs, et j'aurais refait celui-là, si j'avais voulu; mais j'ai préféré lui laisser sa tournure d'impromptu, afin que le lecteur convienne que celui qui, avec un comité révolutionnaire en croupe, pouvait se jouer ainsi, celui-là, dis-je, avait bien certainement la tête et le cœur d'un Français. »

XVII

Le lendemain de la Terreur, la Chanson, dans un langage et avec des sentiments qu'elle ne devrait jamais avoir, demandait de sanglantes représailles; hâtons-nous, disait-on, dans le *Le Réveil du Peuple :*

De rendre aux monstres du Ténare
Tous les buveurs de sang humain!

Mais la gaieté ne tarda pas à faire sa rentrée en France, et des couplets célébrèrent son retour :

En joyeuse société
Quelques amis de Vaudeville,
Considérant que la gaieté
Sommeille un peu dans cette ville,
Sous les auspices de Panard,
Vadé, Collé, Favard,
Ont regretté du bon vieux âge
Le badinage qui s'enfuit;
Et pour en rétablir l'usage
Sont convenus de ce qui suit...

De là, les *Dîners du Vaudeville*, où des hommes d'esprit, Deschamps, Piis, Radet, Ségur, entonnèrent pour la première fois leurs joyeux couplets. C'était sous le Directoire; ils chantèrent aussi sous le Consulat (1).

A cette société de chansonniers-buveurs, succéda celle du *Rocher de Cancale*, où Désaugiers *mettait tout en train*. On mangeait, on buvait beaucoup sous le Consulat; on continua sous l'Empire. Tel était l'appétit des hommes de ce temps, qu'on eût dit qu'ils mangeaient pour tous ceux que la guerre moissonnait sur les champs de bataille.

Cette époque vit naître et prospérer plusieurs gais chansonniers. Un des grands noms des chansons de ce temps-là, un de ceux qui les premiers cherchèrent pour ces compositions légères un certain tour et une certaine richesse de rimes, Armand Gouffé, s'immortalisa par cette chanson qui est dans la mémoire de tout le monde (2) :

Des frelons bravant la piqûre,
Que j'aime à voir dans ce séjour
Le joyeux troupeau d'Epicure,
Se recrutant de jour en jour!
Francs buveurs que Bacchus attire,
Dans sa retraite qu'il chérit,
Avec nous venez boire et rire,
Plus on est de fous, plus on rit!

Les chansons de Désaugiers, pleines d'une franche gaieté, présidèrent à tous les dîners chantants de l'Empire.

---

(1) Sainte-Beuve; *Portraits contemporains*.
(2) Ch. de Boigne; Feuill. du *Constitutionnel*, Nov. 1845.

XVIII

Sous la Restauration, comme au temps de Saint-Bernard, les cloîtres ouvrirent leurs portes à la Chanson. Sur le *Chant du Départ*, on fit le *Triomphe de l'Eglise* :

Pourquoi ces vains complots, ô princes de la terre,
Pourquoi tant d'armements divers ?
Vous vous réunissez pour déclarer la guerre
A l'arbitre de l'univers.
Tremblez, ennemis de sa gloire,
Tremblez, audacieux mortels;
Il tient en ses mains la victoire,
Tombez au pied de ses autels.

La Religion nous appelle,
Sachons vaincre, sachons périr;
Un chrétien doit vivre pour elle,
Pour elle un chrétien doit périr.

Les poètes *missionnaires*, en donnant à la Chanson un caractère sacré, lui avaient laissé l'air profane (1). Ce n'était plus le ton qui faisait la chanson.....

Alors, les *Chevaliers du Lis*, ces preux qui n'avaient rien oublié, rien appris à Coblentz, chantèrent aussi sur tous les tons, *leur Dieu*, *leur Roi*, *leur Dame*....., échos du temps passé, que domina la grande voix de Béranger.

XIX

Désaugiers et Béranger, voilà les deux grands chansonniers de notre siècle ! Par eux, la Chanson a acquis sa place glorieuse à côté des genres plus élevés qui donnent tant d'éclat

(1) L. Castel ; *Nouvelle anthologie.*

à notre littérature. M. Sainte-Beuve déclare que Béranger est un talent hors de pair qui a créé son domaine et qui a ouvert des voies nouvelles. « L'ami de Chateaubriand et de Lamennais, dit-il, a su rendre la Chanson digne de la familiarité de ces hautes imaginations, de ces nobles intelligences. Comme poète, Béranger n'a de nos jours aucune comparaison à craindre. Mais sur un seul point, Désaugiers garde l'avantage, c'est sur le chapitre de la *gaieté* franche. Béranger a de la sensibilité, de la malice ; je ne veux certes pas prétendre qu'il n'ait pas aussi de la gaieté ; mais cette gaieté, il songe vite à s'en servir, à s'en couvrir, à s'en faire un cadre, un véhicule, un auxiliaire pour aller à mieux et *viser plus haut;* tandis qu'elle était à la fois la forme et le fonds, la source et le fleuve même chez Désaugiers. » Celui-ci chante :

Dans l'âge heureux où des plaisirs
L'essaim brillant nous environne,
A la *Gaieté*, dans nos loisirs,
Amis, tressons une couronne.
Ce devoir si cher à nos cœurs,
Nous ne pouvons le méconnaître !
Comment lui refuser des fleurs,
Quand sous nos pas elle en fait naître !

De l'amour, avec nos beaux ans,
L'illusion nous est ravie;
Mais la *Gaieté* change en printemps
L'hiver même de notre vie.
Elle adoucit tous nos regrets
Par les plus riantes images;
Elle est enfin par ses bienfaits
La volupté de tous les âges.

L'homme que soutient la *Gaieté*
Se rit du coup qui le menace;
C'est d'elle aussi que la beauté
Tient son coloris et sa grâce;

De la *Gaieté* le doux attrait
Embellit jusqu'à la sagesse;
De l'enfance elle est le hochet,
Et le bâton de la vieillesse.

Voici la *visée plus haute* de Béranger, dont les chants contribuèrent au renversement d'une *Royauté* :

Pour rajeunir les fleurs de mon trophée,
Naguère encor tendre, docte ou railleur,
J'allais chanter, quand m'apparut la Fée
Qui me berça chez le bon vieux tailleur.
« L'hiver, dit-elle, a soufflé sur ta tête,
Cherche un abri pour tes soirs longs et froids;
Vingt ans de lutte ont épuisé ta voix
Qui n'a chanté qu'au bruit de la tempête. »
Adieu chansons! Mon front chauve est ridé;
L'oiseau se tait; l'Aquilon a grondé.

« Bénis ton sort : par toi la poésie
A d'un grand peuple ému les derniers rangs.
Le chant, qui vole à l'oreille saisie,
Souffle tes vers même aux plus ignorants.
Les orateurs parlaient à qui sait lire;
Toi, conspirant tout haut contre les rois,
Tu marias pour ameuter les voix
Des airs de vielle aux accents de la lyre. »
Adieu chansons! Mon front chauve est ridé;
L'oiseau se tait : l'Aquilon a grondé.

Sous le simple titre de *Chansonnier*, a dit Chateaubriand, un homme est devenu un des plus grands poètes que la France ait produits; avec un génie qui tient de La Fontaine et d'Horace, il a chanté, lorsqu'il l'a voulu, comme Tacite écrivait.

Si les chants de Béranger firent crouler un trône, on peut dire qu'ils en ont réédifié un autre. Le second Empire doit son avénement, en grande partie, aux souvenirs que les couplets du Chansonnier avaient entretenus dans l'atelier et sous le chaume.

XX

Aujourd'hui on a renoncé chez nous à la gaieté, à la Chanson. On calcule, on spécule, on joue; il faut jouir..... On veut de l'or, et vîte beaucoup d'or : c'est le temps du luxe effréné, des opulences insolentes et des convoitises démesurées. Mais, on l'a dit : — *En France, tout finit par des chansons*..... Espérons donc que la Chanson nous reviendra :

Fille aimable de la Folie,
La chanson *grandit* parmi nous ;
Souple, légère, elle se plie
Au ton des sages et des fous.

On ne doit se plaire à répéter que celles qui sont faites par des *Sages* ou par des *Fous* aimables.

TABLE.

ANCIENNETÉ, UNIVERSALITÉ DE LA CHANSON.

LA CHANSON FRANÇAISE.

PAU, IMPRIMERIE DE É. VIGNANCOUR.

www.ingramcontent.com/pod-product-compliance
Ingram Content Group UK Ltd.
Pitfield, Milton Keynes, MK11 3LW, UK
UKHW012048240726
13965UKWH00003B/1123

9 782013 030816